KB053478

오늘도
취향을
요리합니다

좋은
하루를
만들겠다는
다짐으로

오늘도
취향을
요리합니다

박미셸 에세이
it's Michelle

서스테인

어쩌자고 내가 이 험난한 여정에 발을 디뎠는지 모르겠다. 내세울 것 하나 없이 지극히도 평범한 주부의 길을 걷던 내게 하늘이 두 쪽 나도 올 것 같지 않은 기회였다.

오래전 아버지께서 말씀하셨다.

"'기회'라는 녀석은 뒷머리는 하나도 없이 맨질맨질하고, 앞머리는 딱 한 줌 정도만 있는 존재라서 그 녀석이 왔을 때 얼른 앞머리를 낚아채야만 내 것이 된다. 그 찰나의 순간을 놓치고 아쉬움에 뒤를 돌아보면 이미 기회는 저만치 지나가서 아무리 손을 내밀어도 잡을 끄나풀이 없어 결국은 놓치고 만다. 네 인생에도 언젠가 기회가 찾아올 테니 절대 놓치지 말아라."

늘 엄격하셔서 어렵기만 하던 아버지께서 운전 중에 내게 건네신 그 말은 꽤 큰 울림이었고 그 잔상이 아직까지도 남아 있다.

'기회라…'

그런 기적과도 같은 일이 과연 나에게도 찾아올까. 기회는 어떻게 생긴 걸까. 그게 기회인지 스쳐 가는 산들바람인지 어떻게 알 수 있을까.

한 치 앞을 예측할 수 없으니 흥미진진하면서도 불안한 게 인생인데, 언제 어떻게 끝이 날지 모르는 삶을 그저 그렇게 보내고 싶지 않았다. 기회를 발견했을 때 낚아챌 준비가 되어 있도록 매일 반복되는 일상을 걸었다. 과연 이 길의 끝에서 기회가 나를 향해 웃고 있을지 그저 뫼비우스의 띠처럼 뱅글뱅글 돌아가는 게 전부일지는 모르지만, 나는 그저 걷고 또 걸었다. 연년생 아들 둘이 번개보다도 빠른 속도로 어지럽히는 집을 아무리 치워보아도 뒤돌아서면 신통하게 원상복귀 되는 과정을 바라보며 허탈하게 웃고, 끼니마다 밥을 지어 남편과 아이들이 두 볼이 불룩해지도록 맛있게 먹는 모습을 흐뭇하게 바라보는 것만이 내가 할 수 있는 일이라고 믿었다.

"구독자분들이 미셸 님의 영상을 보며 편안함을 느끼고 긍정적인 에너지를 받는 것처럼, 일상을 글로 담아 독자들에게도 유쾌하고 건강한 에너지를 전할 수 있는 에세이를 출간하고 싶어요!"

기회는 예상외의 곳에서, 예상치 못했던 순간에 갑자기 찾아왔다. 혹시라도 내가 몰라볼까 봐 '나는 기회입니다'라는 팻말까지 들고서.

그 기회의 앞머리를 겁도 없이 낚아챘다. 물론 기회를 잡았다고 해서 그 길까지 매끄러운 탄탄대로는 아니었다. 자정이 넘은 시각까지 노트북 앞에 앉아 글을 쓰다가 다음 날에는 죄다 지우기가 다반사였고, 가을에 시작한 글쓰기가 겨울을 지나 봄을 향해 성큼성큼 흘러갈 때도 여전히 집필의 무게가 실감되어 겁이 났다.

"내가 미쳤지! 무슨 배짱으로 글을 쓰겠다고 덜컥 나서, 나서기를…."

머리를 쥐어뜯으며 고뇌하던 시간 역시 기회를 잡은 이의 몫이었다.

세상은 빠르게 변한다. 내가 변화를 인지했을 무렵에는 또 다른 트렌드가 똬리를 튼 채 두리번거리는 나를 바라보고 있다. 변화하는 일상에 발 빠르게 맞춰서 걷는 사람도 있겠지만 나는 전혀 아니다. 변화에 발을 맞추기는커녕 평범하게 굴러가는 일상조차 보폭을 따라잡기 버거울 때가 많다. 내 걸음은 누구보다도 느리지만, 온 힘을 다해 내딛는 한 걸음 한 걸음이 그래서 더 소중했다. 이런 나의 일상이 하나둘 쌓여 새로운 가지를 뻗어내고 잎을 내어 내 깜냥에 맞지 않을 만큼 많은 이들에게 때로는 웃음을, 때로는 위로와 응원을 건네주었다.

기회의 앞머리를 붙잡아서 나 같은 이도 글을 쓰게 되었으니, 이 세상에서 당신이 못 할 일이 어디 있겠는가. 의외로 멀지 않은 곳에서 기회가 한 뼘짜리 앞머리를 살랑이며 생각보다 빠르게 다가오고 있을 수도 있다.

이 책을 읽으며 독자 여러분도 맛있는 집밥과 평범한 일상이 주는 따뜻한 힘을 느낄 수 있다면 더할 나위 없겠다. 귀찮음을 이겨내고 이불을 박차고 일어나 끼니를 챙겨 먹고 오늘 주어진 일에 충실했다면, 그걸로 됐다. 당신은 충분히 잘했다.

오늘을 헛되게 보내지 않은 당신이 내일 눈을 떴을 때 눈앞에 금색 앞머리를 풀럭이며 기회가 팻말을 들고 빙긋 웃고 있을 것이다.

잽싸게 낚아채자.

차례

Chapter 1

—

취향껏,
맛만
있으면
그만이지

—

Chapter 2

—

계획대로만
살 수는
없으니까

—

Chapter 3

___

쳇바퀴 같은
일상이
축복임을

___

———

취향껏,
맛만
있으면
그만이지

———

여기에 반찬은
사치 아니겠어?

"오늘은 이걸로 그냥 한 끼 해치우자."

이 말이 나오면 그날은 기본 밥 두 공기는 예약이다. 뚝배기에서 하얀 김을 뿜어대며 맹렬하게 보글거리는 찌개를 보고 있자면 내가 말을 뱉은 건지, 찌개가 선언을 한 건지 헷갈린다. 한국인에게 찌개는 영혼의 반찬이 아니던가(반찬이라고 부르기가 송구할 지경이다).

종류에 따라서 호불호는 갈릴 수 있어도, 기본적으로 저마다 절대 포기하지 못하는 찌개가 하나씩은 있다. 대표 종목으로는 김치찌개를 들 수 있다.

김치 본연의 맛을 고스란히 느낄 수 있는 오리지널 김치찌개를 최고로 꼽는 식성이 있는가 하면, 액젓이 속속들이 배어 폭 익은 김치의 맛을 더욱 돋보이게 해주는 꽁치 통조림 김치찌개도 만만치 않은 적수다. 아, 물론 고등어 통조림파도 꽁치파 못지않을 것이다. 고등어 역시 김치찌개와 맛이 잘 어우러지지만 고등어 특유의 두툼한 살코기가 어쩐지 김치찌개에 반란을 일으키는 기분이라, 나는 좀 만만하지만 감칠맛이 강조된 꽁치에 항상 한 표를 던진다.

김치찌개의 이른바 끝판왕은 뭐니 뭐니 해도 돼지고기 김치찌개가 아닐까. 어떤 부위를 사용하느냐에 따라 맛도 느낌도 매우 달라진다. 눅진한 비계와 부드러운 고기가 층층이 어우러진 삼겹살을 선호하는 쪽이 있다면, 적당한 기름기와 살코기가 절묘하게 하모니를 이루는 목살을 고집하는 무리도 있는데 나는 후자에 속한다.

두툼하게 썬 목살에 다진 마늘, 후추, 미림으로 가볍게 간을 한 뒤 뚝배기에 넣고 식용유로 가볍게 볶다가 고춧가루와 김치를 넣어 볶는 이 순간을 정말 좋아한다. 별거 아닌 것 같지만 이 과정을 거치면 고춧기름이 배어 나와 자연스레 맛을 내기 시작하면서 김치찌개의 깊은 맛이 결정된다. 재료들을 차례차례 넣어 볶으면 재료에 열이 가해져서 특유의 깊은 맛과 은은한 단맛이 배어 나오는데 이 과정이 그렇게 매력적일 수가 없다. 볶는 과정을 건너뛰고 육수에 재료를 뭉텅 넣어버리는 그 순간, 찌개보다는 국이라는 이름표를 붙여주고 싶은 맛이 돼버릴 만큼(물론 국도 정말 맛있고 훌륭한 메뉴지만 지금은 잠깐 접어두겠다), 찌개를 만들 때 볶는 과정은 아무리 강조해도 지나치지 않다.

　김치찌개에 대적하는 막강 라이벌은 아무래도 순두부찌개가 아닐까.

　돼지고기를 갈아 고춧가루와 함께 볶아서 진하게 끓여낸 순두부찌개는 그대로 떠먹어도 훌륭하지만, 갓 지은 밥 위에 순두부찌개를 한 스푼 올릴 때의 희열은 이루 말할 수가 없다. 고슬고슬한 쌀밥 사이로 스며드는 빨간 국물은 보고만 있어도 행복한 조합이다. 밥과 섞지 말고 국물이 스며든 이대로 푹 퍼서 먹을까, 과감하게 비벼서 밥과 순두부와 돼지고기를 한가득 입에 넣어 와구와구 먹을까 고민하는 즐거움도 쏠쏠하다.

　매콤한 순두부찌개를 깔끔하고 시원하게 먹고 싶을 때면 바지락만큼 빛을 발하는 재료도 없다. 해감한 바지락을 맹렬하게 끓는 순두부찌개에 와라락 쏟아 넣고 가만히 바라보고 있자면 센 불에서 바글바글 끓으며 금세 바지락은 하나둘 입을 열고, 어느새 두 손은 분주히 그릇에 밥을 푸게 된다.

　바지락을 하나씩 입에 넣어 호로롭 살을 발라 먹으면 쫄깃한 식감 사이로 삐져나오는 매콤한 국물과 시원한 바다 내음이 어우러져 그야말로 소주 생각이 간절해진다.

같은 찌개라도 어떤 주재료를 넣느냐에 따라 맛은 물론 먹는 순간의 공기마저 달라지니, 밥 한 공기를 순식간에 비우게 하는 찌개를 두고 또 다른 반찬을 만들어 함께 낸다는 건 사치가 아닐 수 없다. 그것이 찌개의 맛을 완벽하게 즐기기 위한 나의 고집이든, 반찬 걱정을 덜려는 귀차니즘의 발현이든 간에.

맛있게 끓여낸 찌개 하나만으로도 식탁은 풍요로워지고 마음이 따뜻해지는 순간을 사랑한다. 하루가 내 맘처럼 굴러가지 않는 날, 밥 먹는 것조차 귀찮고 버거울 때 눈앞에서 보글거리는 찌개를 보고 있노라면 나도 모르게 숟가락을 들고 열심히 찌개를 떠서 밥에 비벼 먹게 된다.

껍데기만 남은 것 같던 하루를 찌개는 부지런히 채워준다. 내일 다시 일어날 수 있는 정신적, 육체적 힘을. 아무리 생각해도 찌개는 역시 영혼의 반찬이다.

껍데기만 남은 것 같던 하루를
찌개는 부지런히 채워준다.
내일 다시 일어날 수 있는 정신적, 육체적 힘을.
아무리 생각해도 찌개는 역시 영혼의 반찬이다.

심신 안정에는
샐러드가 제격

우리집에서 내가 제일 못 본 척하는 존재는 아마도 체중계일 것이다. 끽해야 1킬로그램도 안 되는 무게, 가로세로 30센티미터 남짓의 네모난 이 물체는 언뜻 존재감이 없어 보이지만, 화장실을 갈 때마다 내 눈꼬리 끝에 악착같이 들러붙어 꾸역꾸역 시야로 들어온다.

　'그러고 보니 청바지 안 입은 지 꽤 됐네….'

　청바지란 참으로 야속한 존재가 아닐 수 없다.

　"청바지가 잘 어울리는 여자, 밥을 많이 먹어도 배 안 나오는 여자."

　대체 이게 무슨 말인지 모르겠다. 청바지가 잘 어울리며 밥을 많이 먹어도 배가 안 나올 수 있다는 게 내게는 일어나본 적이 없는 일이라 도무지 이해가 되지를 않는다.

청바지의 재질은 제품마다 천차만별인데, 속칭 '스판 끼'가 짱짱하게 있어야 그나마 손이 한 번이라도 간다. 그마저도 밥을 두둑하게 먹을 때면 청바지의 아우성이 들리는 것 같다.

"이제 좀 그만 먹으면 안 되겠니? 하다못해 단추라도 좀 풀든가!"

체중계와 더불어 청바지를 못 본 척하기 시작한 지 몇 주가 지나면, 마음 한구석이 조금씩 묵직해진다.

'내가 이러고 있을 때가 아니야. 뭐라도 하지 않으면 다시는 이 옷을 못 입을지도 몰라.'

청바지 앞에서 쪼그라드는 나를 발견한 날은 무조건 샐러드가 특효약이다. 말이 좋아 샐러드지 사실 샐러드는 어떤 재료를 어떻게 조리해서 어떤 드레싱을 함께 내느냐에 따라서 저칼로리의 다이어트 식단이 될 수도 있고, 건강히 맛있게 먹는 한 끼의 식사가 될 수도 있다. 그래도 어느 쪽이 됐든, 심신 안정에는 샐러드만 한 메뉴가 없다.

나에게 샐러드는 냉장고와 팬트리에 있는 재료를 전부 털어 만드는 알뜰형 샐러드와 일부러 마트에서 재료를 구입해 와서 작정하고 만드는 통장털이형 샐러드로 나뉜다.

　전자는 말 그대로 냉장고에서 손에 잡히는 재료부터 오늘내일 하는 모습으로 버리자니 아깝고 따로 요리를 하기에는 동기부여가 현저히 부족한 신선도로 시들하게 자리를 차지하고 있는 재료까지, 눈에 보인다 싶으면 전부 털어 넣는 욕망의 샐러드다. 만드는 방법 역시 재료만큼이나 편하게 대충대충 하면 된다. 로메인 상추, 파프리카, 토마토, 오이 등의 채소를 있는 대로 넣고 마무리로 메인이 될 만한 재료를 그릴 또는 프라이팬에 구워서 올린다. 메인으로 가장 만만하게 쓰이는 재료는 다이어트 식단의 대명사, 닭가슴살이다.

　닭가슴살은 소금과 후추로 간을 하고, 마른 바질이나 타임 같은 허브를 약간 넣고, 갈릭 파우더를 가볍게 뿌린 뒤, 잘 달궈진 팬에 노릇하게 구워주기만 하면 완성이다. '퍽퍽살'이라는 불명예스러운 별명이 붙어버린 닭가슴살을 조금 대변해보자면, 닭가슴살은 필요 이상으로 오래 굽지 않고 잘 익었을 정도까지만 구워주면 정말 맛있고 촉촉하다! 오히려 자칫 잘못 조리하면 잡내가 날 수 있는 허벅지살이나 닭다리와 달리 잡내 없이 담백하고 맛있게 먹을 수 있는 도화지 같은 재료다. 그래서 채소와 드레싱에 따라 다양한 맛을 낼 수 있는 샐러드에 가장 자주 쓰이는 게 아닐까 싶다.

닭가슴살이 조금 부담스럽게 느껴진다면 새우도 좋은 재료다. 특히 새우는 짭짤하게 간이 배어 있기 때문에 허브나 갈릭 파우더 없이 그냥 팬에 볶기만 해도 충분히 맛있다. 대신 새우는 아무리 먹어도 포만감이 들지 않기 때문에(이것은 나만 그런 것일 수도 있다) 구운 고구마나 아보카도, 삶은 달걀 등 어느 정도 배를 채워줄 수 있는 재료를 함께 넣어서 만들기를 추천한다. 그러면 배도 든든하고, 색다른 조합에 먹는 즐거움이 두 배가 된다.

통장털이형 샐러드는 스테이크 샐러드처럼 이름만으로도 웅장한 기운이 느껴지는 샐러드부터 건강과 감성을 챙기는 연어 샐러드까지 다양하다. 사실 스테이크 샐러드와 연어 샐러드는 주재료의 차이만 있을 뿐 그 밖에 기본으로 들어가는 재료는 비슷비슷하다. 이런 고급 주재료를 올리는 샐러드를 만들 때는 일반 로메인 상추보다는 다양한 종류의 새싹을 모아놓은 어린잎 샐러드를 선호한다. 스테이크의 육즙 가득한 풍미와 식감을 입안 가득 즐기고 싶은데 로메인 상추가 입안에서 아삭아삭 맴돌면 방해를 받는 기분이기 때문이다.

더군다나 어린잎 샐러드는 컬러도 연두색부터 진녹색, 자줏빛까지 다양해서 접시에 한 줌 크게 담는 순간부터 자연이 주는 색감에 눈이 즐거워진다.

스테이크와 연어는 재료 자체만으로도 충분히 맛있으니 가볍게 소금, 후추만으로 간을 해서 겉은 바삭하게 속은 촉촉하게 구워준다. 여기서 가장 즐거운 일은 잘 구워진 스테이크를 도마에 경건하게 올려놓고 레스팅이 될 때까지 5분 정도 기다려주는 시간인데, 이때 나는 부지런히 드레싱을 만들면서도 곁눈으로 스테이크를 힐끗힐끗 쳐다본다. 마치 계속 쳐다보면 스테이크가 지쳐서 얼른 준비가 되기라도 할 것처럼.

드레싱은 열 번 중에 여덟 번 이상은 가장 심플한 재료로 심플하게 만든다. 너무 간단해서 적기도 민망할 정도인데, 이게 의외로 맛이 좋다! 올리브오일에 갓 짜낸 레몬즙, 소금과 후추, 발사믹 비니거를 약간 넣는 게 전부이고 여기에 허브를 조금 넣으면 금상첨화다.

세상에는 정말 다양한 드레싱이 있다. 잘 익은 토마토, 농후한 아보카도, 청량한 오이 등 샐러드에 들어가는 재료는 채소 고유의 맛이 좋기 때문에 드레싱에 너무 힘을 주면 재료들이 빛을 발하지 못하는 기분이 들어 나는 매번 심플 드레싱을 만들곤 한다.

여기서 샐러드를 좀 더 "우와! 있어 보이는데?" 싶게 만들 수 있는 히든카드가 몇 있다. 그중 하나가 퀴노아인데, 퀴노아는 글루텐 프리 곡물로 영양소가 풍부해서 슈퍼푸드로 불리기도 한다. 퀴노아를 한 줌 조리해서 샐러드에 넣으면 오돌오돌한 식감과 고소한 맛이 일품이다. 특히 구운 연어와 잘 어울려서 가지런히 썬 아보카도와 연어를 접시에 함께 담으면 완성도 높은 한 끼가 완성된다.

또 다른 재료들은 절인 올리브, 페타치즈다. 이 두 가지는 염도가 높아서 부재료 중에서도 굉장히 적게 들어가니 비중이 작아 보이지만, 샐러드를 다 만든 뒤 올리브와 페타치즈 몇 알을 올려주면 맛의 완성도가 높아진다. 특히 이 둘은 존재만으로도 이국적인 분위기를 만들어주니, 늘 먹는 샐러드에 뭔가 변화를 주고 싶다면 평소 사용하지 않는 재료들을 구입해서(혹시 모르니 파는 것 중에서 가장 적은 양을 고르기를) 과감하게 넣어보길 추천한다.

통장을 털었다면 그 값을 할 만큼은 색다른 샐러드가 나와줘야 먹으면서도 기분이 좋고, 옷장 한구석에 곱게 접혀 있는 청바지를 쳐다볼 때 보다 부드러운 눈길이 되니까.

심신 안정에는 샐러드만 한 게 없다.

뒤돌아서면
금방 배고파지는 대표 메뉴

"어우 배고파. 여보, 우리 오늘 점심에 뭐 먹었더라?"

"국수 먹었지!"

누가 먼저 시작했든 간에 남편과 나 사이에 십수 년간 토씨 하나 틀리지 않고 반복돼온 대화다.

점심에 국수를 먹은 날이면 어김없이 나는 오후 5시도 안 돼서 괜히 냉장고 문을 여닫고, 아이들이 먹다 남긴 과자가 어디 없나 두리번거리다가 결국 뭔가를 찾아서 입에 넣곤 한다.

대체 왜 국수를 먹은 날에는 뒤돌아서면 배가 고파지는 걸까? 남편도 종종 이 대화를 시작하는 걸 보면 나만 그런 건 아닌 듯하다. 그렇다면 이게 우리 부부의 문제인 건지 아니면 독자 여러분도 겪는 일인지 궁금하다. 아마 대부분이 그렇지 않을까? 그만큼 국수는 금방 배가 고파지는 대표 메뉴라고 나는 주장한다.

국수 요리는 칼국수부터 짜장면, 우동까지 다양한데 그중에서 잔치국수는 우리집 스테디셀러 국수 메뉴 중 하나다. 간편하고 빠르게 만들 수 있고 들어가는 재료도 간단하거니와 무엇보다도 맛있고 배부르게 먹을 수 있어서다.

잔치국수의 핵심은 뭐니 뭐니 해도 육수인데, 내가 고집하는 육수 재료는 바로 디포리와 솔치다. 물론 멸치도 정말 맛있고 훌륭한 국물 재료지만, 수년 전 우연히 접하게 된 이 두 가지 재료가 주는 깊고 시원한 맛에 매료돼서 그 이후로는 습관으로 굳어졌다. 디포리와 솔치가 우리집 육수 터줏대감이 된 지 오래지만 독자 여러분 집에 국물멸치가 있다면 그 또한 훌륭하다는 걸 알아주기 바란다.

잔치국수의 취지에 맞게 육수를 낼 때는 간단하게 다시마, 디포리와 솔치(또는 멸치), 보리새우를 한 줌 넣고 끓인다. 무나 대파 등 취향껏 원하는 재료를 넣으면 더욱 맛있는 국물을 만들 수 있다. 펄펄 끓지 않도록 불을 조절하면서 가만히 지켜보고 있노라면 말갛던 물이 어느새 갈색을 띠는 진한 육수가 된다. 만만하게 잔치국수를 시작했다가 늘 이때부터 나는 마음이 급해진다.

'얼른 국수를 삶아야 해! 아, 양념장도 만들어야지!'

'가만있자, 냉장고에 채소가 뭐가 있더라?'

부랴부랴 양파를 채 썰어 육수에 넣고, 애호박은 조금 기다렸다가 넣는다. 양파와 함께 넣었다가는 국수와 다를 바 없는 식감의 애호박을 만나게 되니까. 국수 위에 힘없이 흐늘거리는 애호박을 보는 것만큼 안타까운 일도 없다. 포장마차 잔치국수 기분을 좀 내주고 싶을 때는 냉동고에 쟁여둔 유부도 몇 개 꺼내서 썰어 넣는다.

'오늘은 육수에 달걀도 풀어 넣을까?'

달걀 두 개를 톡 촤락 깨서 그릇에 담고 전분과 물을 아주 약간 넣고 부지런히 풀어준다. 빠르게 한 끼 때우기 위해 간단한 요리를 하더라도 꼭 지키는 과정이 몇 가지 있는데 그중 하나가 국물에 달걀을 풀 때 전분물을 약간 섞어주는 것이다. 조금 귀찮기도 하지만, 달걀에 전분물을 약간 섞어서 국물에 넣으면 달걀이 실처럼 하늘하늘하게 풀어져서 부드럽게 먹을 수 있다.

양념장은 대충 간장에 참치액 조금 섞고 참깨를 손바닥으로 비벼서 으깨 넣는다. 이대로 끝내려다가 '맞다, 냉장고에 시들어가는 쪽파가 있었지!' 하고는 쪽파까지 쫑쫑 다져 넣는다. 양념장 완성이다.

와르르 끓어오르는 국수가 넘치기 전에 얼른 싱크대로 가져가서 찬물에 착착 헹궈준다. 뜨겁고 부드럽던 국수가 찬물에 닿자마자 쫄깃한 식감으로 변하는 순간이 좋아서 국수를 헹굴 때면 소꿉놀이를 하듯 즐겁다. 이때를 놓칠세라 아이들은 쪼로록 달려와서 새끼 제비처럼 입을 벌린다. 암, 갓 삶은 국수는 쫄깃하니 맛있지.

우리집에서 가장 커다란 그릇에 국수를 담고(다시 말하지만 국수는 뒤돌아서면 배고프다) 뜨거운 육수를 가득 부어준다. 김이 모락모락 나는 육수에 양념장을 두어 스푼 넣고 고춧가루도 조금 넣는다. 양념장에 왜 고춧가루를 미리 넣지 않는지 궁금해하는 사람도 있을 것이다. 큰 이유는 없다. 그저 별다른 재료를 넣지 않은 잔치국수에 빨간 색감을 더해줄 수 있기도 하고, 매운 음식을 먹지 못하는 아이들을 위해서도 고춧가루는 꼭 따로 얹는 게 습관이 됐을 뿐이다. 가만 생각해보면 기억 속에 남아 있는 맛있는 잔치국수는 대부분 고춧가루가 따로 얹어져 있었다.

먹기 직전에 조미김을 와그작 부숴서 올려주면 김이 육수에 닿으며 풍기는 고소하고 향긋한 내음에 아이들은 신이 나서 의자에 앉은 채 몸을 들썩인다. 국수가 불기 전에 얼른 먹어야 하니 그릇을 식탁으로 옮기는 나도 번개처럼 빨라진다.

"이야, 국물 맛있다!"

그러곤 누구도 말이 없다. 오로지 후루룩 호로록, 가끔 김치를 집어 먹는 아작아작 소리만이 집을 채운다.

뜨끈한 국수를 먹을 때면 오래전, 내 생애 가장 맛있게 잔치국수를 먹었던 기억이 떠오른다. 대학생 시절, 한 학기 동안 매일 고속버스를 타고 통학한 적이 있다. 어느 추운 겨울날 평소와 다름없이 흔들리는 버스 안에서 꾸역꾸역 리포트를 쓰느라 내릴 때쯤엔 거의 절인 배추처럼 피로에 젖은 상태였는데, 어둑해진 공기를 가르고 뽀얗게 나오는 입김 위로 눈이 내렸다. 참 예뻤다.

사람이 낭만에 젖으면 용기가 생기는 것이 틀림없다. 혼자 어디 가서 밥을 먹으면 세상이 두 쪽이라도 나는 것처럼 차라리 굶고 말겠다는 신념을 가졌던 스무 살의 나는 매일 오며 가며 눈여겨보기만 하고 차마 들어가지 못했던 터미널 앞 포장마차의 천막을 꽁꽁 언 손으로 조심스럽게 걷고 들어갔다.

"저…, 한 명이요!"

용기를 내서 들어간 포장마차 안은 작은 카운터 형태로 돼 있었고 사장님께서 열심히 음식을 만들고 계셨는데, 뭘 주문하면 좋을지 고민하지 않아도 됐다. 가운데서 펄펄 끓고 있는 커다란 솥이 매섭게 증기를 뿜어내는 모습을 보고 나도 모르게 주문을 하고 말

앞으니까.

"국수 한 그릇 주세요."

밥때가 한참 지난 저녁에 혼자 와서 식사를 주문하는 모습이 안쓰러웠는지 금방 내 앞에 가져다주신 그릇에는 국수가 한가득 담겨 있었고, 사장님의 인심만큼 국물이 넘칠락 말락 그릇 끝까지 찰랑이고 있었다.

"학생, 맛있게 먹어요!"

국수 한 젓가락에 리포트 생각으로 지끈거리던 머리가 잠잠해 지고, 뜨끈한 국물 한 모금에 차가웠던 손이 녹아 발갛게 데워진다.

후루룩후루룩.

'아까 친구한테 좀 쌀쌀맞게 얘기했던 것 같아⋯. 이따가 문자 로 미안하다고 해야지.'

호로롭 우물우물 꿀꺽.

'리포트는 이번 주까지 제출하면 되니까. 음, 이 정도면 괜찮 아. 기한까지 끝낼 수 있겠어.'

고속버스 안에서 온몸을 웅크린 채 아등바등했던 나는 겨울의 낭만이 불어넣어 준 용기로 따뜻한 국수를 배불리 먹고는 어깨가 절로 펴졌다. 포장마차 천막을 걷고 나올 때 아까보다는 목소리가 크게 나온다.

"사장님, 잘 먹었습니다. 감사합니다!"

이날 이후 더는 밖에서 혼자 식사를 하는 것이 부끄럽게 느껴지지 않았다. 오히려 음식과 나 단둘이서 교환일기를 주고받듯, 쌓였던 고민을 밥 한술과 함께 넘기고 때로는 음식이 건네는 위로를 받으며 혼자만의 식사 시간을 더없이 아끼고 기다리게 됐다.

화려함과는 거리가 멀고 때론 대충 한 끼 때우기의 대표 메뉴로 꼽히는 음식이지만, 내게는 잔치국수가 더없이 고맙고 따뜻한 메뉴다.

국수라서 금방 배가 고파지면 뭐 어떤가. 한 번 먹을 때 많이 먹으면 그만이다!

더는 밖에서 혼자 식사를 하는 것이 부끄럽게 느껴지지 않았다.
오히려 음식과 나 단둘이서 교환일기를 주고받듯,
쌓였던 고민을 밥 한술과 함께 넘기고
때로는 음식이 건네는 위로를 받으며
혼자만의 식사 시간을 더없이 아끼고 기다리게 됐다.

신발을
튀겨도 맛있다는데 하물며

'신발을 튀겨도 맛있다.'

대체 누가 어떻게 이런 명언을 만들었을까. 누구인지는 모르
겠으나 언어의 천재가 분명하다. 그도 그럴 것이 튀김이기만 하다
면 뭘 튀겨도 너무 맛있지 않은가. 물론 식재료에 한해서 말이다.

양파를 별로 좋아하지 않는 작은아이도 양파튀김만큼은 포테
이토칩처럼 작은 손으로 부지런히 집어 먹는다. 바삭한 튀김옷에
감춰진 양파도 분명 어제저녁 메뉴에 들어간 양파와 같은 재료이
거늘 튀겨졌다는 이유만으로 무한한 신뢰를 보내게 되니, 튀김은
천하무적과도 같은 조리법이다.

이런 천하무적에게 피할 수 없는 단점이 있으니 첫째는 온 집

안에 진동하는 눅진한 기름 냄새다. 둘째는 밀가루옷과 달걀물과 빵가루 삼단 콤보의 귀찮음, 그리고 아무리 조심해도 헨젤과 그레텔의 삽화처럼 방바닥에 너저분하게 나의 동선을 알려주는 튀김옷 부스러기들이다. 마지막 셋째는 냄비 한가득 일렁이고 있는 남은 튀김기름이다.

기름 냄새는 초를 켜고 창문을 활짝 열어 어떻게든 환기를 하고, 바닥에 떨어진 부스러기는 청소기를 돌리면 된다고 쳐도 이놈의 처치 곤란 튀김기름은 도무지 뾰족한 방법이 없다.

한국에서는 동네마다 폐기름을 모아 버리는 곳도 있고 폐기름을 활용한 빨랫비누 만들기 등 다양한 해결 방법이 있는데, 이곳에선 다들 튀김 요리를 하고 나면 어떻게 처리하는 건지 도시 내에 폐기름을 버리는 곳을 알아봐도 찾을 수가 없다. 그나마 사설 쓰레기 업체에 버릴 수는 있는데, 고작해야 5달러 남짓의 식용유를 버리기 위해 네다섯 배의 돈을 내야 한다. 그러니 튀김 요리 따위는 우리집에 발을 붙일 수가 없다.

머리를 싸매고 고민한 끝에(튀김 요리를 향한 나의 진심이 엿보이지 않는가!) 내린 결론은 개봉한 식용유는 튀김 요리를 딱 두 번만 하고, 4분의 3은 잘 걸러서 병에 담아 냉장 보관을 한 뒤 평소 볶음 요리나 부침 요리를 할 때 사용하는 것이다. 나머지 4분의 1과 바닥에 가라앉은 튀김 잔재들은 공공기관의 힘을 빌려 처리한다. 한 가구당 2리터의 폐기름을 생분해 전용 쓰레기통에 버릴 수 있는데(이 도시는 음식물 쓰레기와 함께 생분해가 가능한 자재들은 나라에서 매주 또는 2주에 한 번씩 수거해서 거름으로 만들어 시민들에게 무료로 나눠준다), 남은 기름을 주방 티슈에 흡수시킨 뒤 버리는 것이다. 싱크대에 폐기름을 버리는 행위는 절대 안 된다고 남편이 결혼 초부터 잔소리(를 결들인 하품 나오는 교육)를 한 덕분에 자연스럽게 몸에 밴 습관이다.

다행인 것은 남은 튀김기름으로 볶음 요리를 하면 기름에 배어 있는 튀김 요리의 맛 덕분에 볶음 요리가 더 맛있게 되기도 한다는 것이다. 병에 담아둔 튀김기름을 다 쓰기 전까지 절대 새로운 튀김 요리는 하지 않겠다는 혼자만의 약속을 악착같이 지키면서, 최고는 아닐지라도 최선의 해법은 된다며 마음을 비우고 있다. 이게 안 된다면 나는 집에서 튀김 요리를 영영 할 수 없을 테니까.

이렇게 산 넘고 물 건너 마침내 튀김 요리를 하기로 한 날은 마음이 설렌다.

'뭘 만들어야 이 소중한 튀김 요리 찬스를 잘 썼다고 소문날까?'

'분식집 모둠 튀김은 어떨까? 오동통한 오징어를 큼직하게 썰

어서 튀기면 정말 맛있을 거야! 달짝지근한 고구마튀김도 포기 못하지.'

'오랜만에 생선가스에 새우튀김 어떨까? 새콤하게 타르타르 소스도 만들어서 듬뿍 찍어 먹으면 진짜 환상적인데….'

'역시 탕수육이 좋겠어! 기왕이면 깐풍기도 같이 만들까?'

1~2분의 짧은 순간에 머릿속에선 각종 튀김 요리가 프레젠테이션 화면처럼 샤샤샤 지나간다. 상상만으로도 벌써 입에 군침이 돌며 입가에 미소가 지어진다. 누가 뭐래도 나는 튀김 요리가 너무나 좋다. 칼로리 따위는 집어치우자. 인생 뭐 별거 있나, 맛있는 튀김 한입 바삭하게 베어 무는 그 순간이 제일 중요하지!

만들 수 있는 모든 튀김 요리가 슬라이드로 빠르게 지나가다가, 열에 일곱은 매번 같은 메뉴가 나올 때쯤 느릿느릿해지고, 마침내 멈춘다.

'역시 돈가스지!'

얇게 저민 돼지고기에 밀가루옷을 입히고 계란물에 적신 뒤 빵가루에 튀기는 이 요리는 전 세계 사람들이 즐겨 먹는 음식으로 굳건히 자리 잡고 있다. 프랑스에서는 커틀릿, 이탈리아에서는 밀라네제, 독일에서는 슈니첼 등 고기의 종류와 곁들이는 소스의 차이만 있을 뿐이다. 역시 사람 입맛은 별반 다를 게 없다는 사실이

와닿는다. 나라와 문화를 뛰어넘어 돈가스는 맛이 없을 수가 없는 것이다.

"밥으로 하시겠습니까, 빵으로 하시겠습니까?"

양 갈래 머리를 아끼는 자두맛 사탕 모양의 방울로 야무지게 묶은 어린 내게 "엄마가 좋아, 아빠가 좋아?" 이후로 가장 대답하기 어려운 질문이었다. 접시에 얇게 펴져 나오는 고슬고슬한 밥도, 살구잼이 발라져 윤기가 흐르는 주먹보다 작은 달콤한 빵도 나는 도무지 포기할 수 없었다. 물론 지금이라면 당당하게 "둘 다 주세요!", 아니면 "밥이랑 빵 둘 다 추가로 주문할게요!"라고 외쳤겠지만.

졸업식 정도의 기념일은 돼야 가볼 수 있는, 발소리마저 흡수하는 카펫이 깔린 레스토랑에는 단정하게 턱시도를 입고 한쪽 팔에는 하얀 테이블 냅킨을 걸친 채 주문을 받는 서버분이 계셨다. 밥과 깍두기가 곁들여 나오니 서양 요리라고 하기에는 좀 그렇지만, 은은하게 흘러나오는 클래식 음악과 약간은 어둑한 조명의 그곳은 어린 나조차 괜히 말도 소곤거리고 발뒤꿈치를 들며 조용히 걷게 하는 곳이었다.

'당연히 둘 다 고를 수는 없겠지.'

고민을 열심히 하고는 늘 빵을 골랐다. 밥은 집에서도 먹을 수 있지만 이 빵은 여기에서만 먹을 수 있는걸.

첫 번째 코스로 나오는 요리는 항상 크림수프다. 네다섯 번 떠 먹으면 없어질 양의 얕은 그릇에 담겨 나오는 수프에 테이블 한구석에 놓인 작은 후추병을 들고 혹여나 와장창 쏟아질까 조심스럽게 두드린다. 톡, 톡.

스푼으로 잘 저어 한 스푼 떠서 입에 넣으면 고소하고 부드러운 크림수프가 목을 타고 넘어가던 그 순간을 또렷하게 기억한다. 코스로 식사를 한다는 사실만으로도 호화스러운데 어린아이의 입맛에 딱 맞는 크림수프는 애간장이 탈 만큼의 맛이었으니까.

엄마랑 아빠가 졸업과 다음 학업에 관해 이런저런 말씀을 하셔도 내 머릿속에서는 한 가지 생각만 맴돈다.

'돈가스는 언제 나오지?'

그런 내 마음을 읽기라도 한 듯 곧이어 우리 앞에는 커다란 접시가 하나씩 놓인다. 하얀 접시 안에 자리한 큼직한 돈가스, 그 위를 두툼하게 덮어주고 있는 김이 모락모락 나는 갈색 소스, 내가 제일 좋아하는 마카로니 샐러드. 흥, 깍두기는 안 먹을 거야. 어제 먹었잖아.

반짝이는 커틀러리가 손에 익지 않아 어색하지만 조심조심 돈가스를 자른다. 한입 크기로 자른 돈가스를 포크로 쿡 찍어서 소스를 듬뿍 적신 뒤, 호호 불어서 입에 쏙 넣으면 집을 나오면서부터 반달 모양이던 내 눈은 이내 갸름한 초승달 모양이 된다.

'졸업하길 잘했어!'

두툼한 돼지고기 등심을 조리용 망치로 두드리고 있자면 꼭 그때가 생각난다. 무척이나 맛있는 돈가스 한입에 행복했던 순간의 기억들이 비눗방울처럼 눈앞에 둥실둥실 피어오르고 오색 빛이 아른거린다.

'우리 아이들도 나중에 커서 그럴까?'

얇고 납작해진 등심에 소금과 후추를 뿌리고 밀가루옷을 입히고 달걀물에 풍덩 빠뜨렸다가 꺼내, 빵가루를 사방에 흩날려가며 뜨겁게 달궈진 기름에 조심스레 넣는다.

치이이이익, 지글지글.

채칼로 종잇장처럼 얇게 썬 양배추를 접시에 수북하게 얹고, 케첩과 마요네즈를 반반 섞은 드레싱을 듬뿍 떠서 올린다. 옥수수 통조림을 열어서 달콤한 옥수수를 담고, 매운 걸 못 먹는 아이들을 위해 깍두기 대신 노란 단무지를 썰어 가지런히 담는다. 그리고 한쪽 구석에는 내가 제일 좋아했던 마카로니 샐러드를 담는다. 심플하게 오이만 다져 넣고 마요네즈로 버무린 마카로니 샐러드는 별

맛이 없는데도 막상 먹으면 이게 또 그렇게 별미다.

"엄마, 돈가스 좀 보세요, 엄청 커요!"

"그러게. 네 얼굴보다도 더 크다, 그치?"

언젠가 아이들이 컸을 때 엄마가 만들어준 커다란 돈가스를 눈앞에 두고 입꼬리가 귀에 걸리던 순간의 기쁨을 기억해줬으면 한다. 학교에서 친구와 투덕거려 짜증이 났어도, 집에 도착할 때쯤엔 언덕에서 굴린 눈덩이처럼 속상함으로 변해 눈물이 배어 나와도, 집 안을 가득 채운 지글지글 소리와 기름 냄새가 지워줬으면 한다. 돈가스를 한입 가득 베어 물고 언제 그랬냐는 듯 배시시 웃으며 슬픔이 사라지는 시간이, 어른이 된 아이들에게도 같은 힘을 줬으면 한다.

"엄마가 만들어준 돈가스가 제일 맛있어요!"

"엄마, 마카로니 샐러드 더 주세요!"

아이들이 이 말을 해줄 날이 앞으로 얼마나 남았을까? 친구들과 밖에서 사 먹는 패스트푸드가 맛있어질 날이 머지않았다. 한 번이라도 더 이 말이 듣고 싶어서 나는 튀김 요리를 포기하지 못하겠다.

"맛있니? 얘들아, 많이 먹어! 마카로니도 더 있고, 밥도 더 있어!"

언젠가 아이들이 컸을 때
엄마가 만들어준 커다란 돈가스를 눈앞에 두고
입꼬리가 귀에 걸리던 순간의 기쁨을 기억해줬으면 한다.

돈가스를 한입 가득 베어 물고 언제 그랬냐는 듯
배시시 웃으며 슬픔이 사라지는 시간이,
어른이 된 아이들에게도 같은 힘을 줬으면 한다.

냉동고에
만두 한 봉지쯤은 쟁여둬야

나는 만두 부심이 상당하다. 만두가 빼곡히 담긴 대형 지퍼락이 고기만두 한 팩, 김치만두 한 팩 이렇게 두 팩쯤은 냉동고에 떡하니 자리 잡고 있어 줘야 마음이 놓이는 정도니 이쯤 되면 만두를 향한 짝사랑이라고 해도 과언이 아니다.

　대체 언제부터 이렇게 만두를 좋아하게 됐을까? 그보다도 내가 만두를 자발적으로 만들기 시작한 건 언제였을까? 어렸을 때 엄마 옆에 앉아 하나둘 빚고 있으면 "어이구, 만두를 예쁘게도 잘 빚네" 하는 칭찬에 신이 나서 열심히 조물딱조물딱 만들던 기억이 있긴 하지만, 그건 어디까지나 칭찬받기와 생색내기의 목적이 낳은 달랑 네다섯 알의 만두가 전부였으니 그건 제외하기로 하자. 내

가 필요에 의해서 만두를 빚기 시작한 게 언제였나 곰곰이 생각해
보니 머릿속에 떠오르는 사진 한 장이 나를 20대 초반의 유학생
시절로 데려간다.

캐나다로 유학 온 지 몇 해 지나지 않았을 무렵, 아마도 연말
이었을 것이다. 슬슬 새해가 다가오니 매년 의식처럼 치르던 새 다
이어리를 사서(보통은 3월도 채 되지 않아 다이어리의 존재감은 사라진다) 지
키지도 못할 거창한 새해 목표들을 주루룩 적으려고 하다가, 이제
는 뭔가 현실적인 목표를 세워서 하나씩 해보자는 마음이 들었다.
'아직 해보지 않았지만 충분히 할 수 있으며 나를 즐겁게 할
수 있는 게 뭘까?'
곰곰이 생각하다가 첫 번째로 적은 내용이 '기념일 잘 챙기기'
였다. 여기서 기념일이란 생일, 명절, 크리스마스같이 1년을 흘러
가다 보면 꼭 한 번씩 마주치는 그냥 넘기기 아쉬운 날을 뜻한다.
마침 타이밍이 연말이었으니 가장 실천하기 좋은 기념일은 다가
오는 설날이었고, 설날에는 역시 떡만둣국을 빼놓을 수 없으니 그
렇게 꼬리에 꼬리를 물고 좁혀진 목표가 '만두를 빚어보자!'였다.
지금이야 크리스마스에도 영업을 하는 상점들이 꽤 있지만, 당
시에는 크리스마스와 새해 첫날은 도시 전체의 상점들이 모두 한

마음으로 칼같이 문을 닫고 집에서 가족과 시간을 보냈던지라 새해가 오기 전에 미리 장을 봐놓아야 했다. 수첩에 필요한 재료를 빼곡히 적고 빠진 재료는 없는지 거듭 체크했다. 아차 했다가 만두를 빚는 날 만두피라도 없으면 그때는 세상이 무너지는 기분일 테니.

'돼지고기, 떡국떡, 만두피…. 좋았어!'

흥얼흥얼 콧노래가 나온다. 얼마 만에 먹어보는 만두인지 모르겠다. 한인마트에서 냉동 만두를 팔기는 하지만 선뜻 고르기엔 주머니 사정이 넉넉지 않아 그림의 떡이었고, 게다가 내가 좋아하는 고기도 많이 들어 있지 않았다. 내가 직접 만든, 속이 꽉 찬 고기만두를 입안 가득 넣고 오물거릴 생각을 하니 콧노래가 나올 수밖에.

'뭘 보면서 만들까….'

선반에 나란히 꽂혀 있는 영화 비디오테이프를 신중하게 훑어본다. 오늘처럼 기분 좋은 날에는 〈금발이 너무해〉가 제격이다. 수십 번을 봤지만 볼 때마다 유쾌하고, 대사를 따라 하면서 영어를 익히기에도 좋아서 노동요처럼 늘 틀어놓는, 레퍼토리에서 항상 상위를 차지하는 영화다.

반달 모양의 만두는 테두리 모양을 내기가 어려우니까 예전에 엄마랑 빚었던 동그란 만두를 빚기로 한다. 만두피에 소를 가득 넣어서 반으로 접고 양 끝을 동그랗게 모아서 꾹꾹 눌러주면 속이 꽉 차서 가운데가 통통하게 부풀어 오르는데, 그렇게나 귀여울 수가 없다.

'이건 꼭 아기 엉덩이를 닮았네!'

귀여운 인형이라면 사족을 못 쓰는 나에게 처음 빚은 만두는 인형보다도 귀여웠고, 새해 목표를 하나 이뤘다는 성취감보다 좋아하는 영화를 보면서 속이 꽉 찬 만두를 하나둘 만들어내는 시간이 안겨준 따뜻함이 더욱 깊게 자리 잡았다.

그렇게 빛 한 줌 들어오지 않는 지하실 자취방에서 혼자 만두를 빚기 시작한 나만의 기념일 챙기기는 지금까지 이어져 오고 있다.

타고난 먹성이 이끄는 대로 그동안 새우만두, 버섯만두, 잡채만두 등 다양한 만두를 시도해봤다. 그런데 시간이 지날수록 새로운 만두를 탐색하기보다는 평소 맛있게 먹는 만두를 생산하는 데 초점이 맞춰져서 지난 수년 동안 우리집 냉동고에는 고기만두, 김치만두, 부추만두 이 세 가지만 존재한다.

사실 고기만두와 김치만두는 김치가 들어 있느냐 아니냐에 따라서 이름만 바뀌는 게 아닌가 싶지만, 의외로 요리를 하면 이 둘의 맛과 식감은 굉장히 다르다. 집집마다 만두소를 만들 때 '이건 꼭 넣어야 한다' 또는 '이것만큼은 절대 넣지 않는다' 하는 재료가 있겠지만, 나는 대부분 두루두루 넣는 편이다. 먼저 제일 중요한 고기를 빼놓을 수 없다. 나는 간 돼지고기에 간 닭고기를 아주 약간 섞는 편인데, 돼지고기의 진하고 입안을 가득 채우는 풍미에 자칫 느끼해질 수 있는 부분을 닭고기의 담백한 감칠맛이 깔끔하게 채워주기 때문이다. 물론 닭고기를 깜빡하고 못 산 날에는 그냥 돼지고기만 넣는데(이런 것에 의외로 쿨하지 않은가?) 되도록이면 닭고기도 함께 넣는 편이다.

부재료는 소금물에 가볍게 삶은 뒤 물기를 꼭 짜서 다진 숙주, 물기를 꼭 짠 약간 단단한 두부, 다진 쪽파, 불린 당면, 달걀이다. 여기에 다진 마늘을 듬뿍 넣고 소금과 후추로 간을 한 뒤 고기와 함께 잘 섞는다. 김치만두 역시 재료는 똑같은데 김치 자체만으로도 아삭아삭 맛있으니 숙주는 넣지 않고 잘 익은 김치를 넉넉히 다져서 넣고 고춧가루도 넣는다. 고춧가루는 김치 때문에 질척일 수 있는 만두소의 질감을 잡아주기도 하고 칼칼함을 더해주니 꼭 넣는다.

부추만두는 우리집 만두계의 이단아로, 내가 빚는 만두 중에서 유일하게 마늘이 들어가지 않는다. 오래전 한국에 잠깐 갔을 때, 명동에 굉장히 유명한 중식 만둣집이 있다는 말을 지인분께 듣고 물어물어 찾아갔다. 그곳은 입구에서부터 '이 집은 진짜다!'라는 오라를 풍기고 있었다. 커다란 통유리 앞에서 반죽을 떼어 번개와도 같은 속도로 만두를 순식간에 한 판씩 빚고 계시던 사장님께서 갓 쪄낸 김이 모락모락 나는 부추만두를 건네주셨다. 분명 점심을 먹은 뒤였음에도 나도 모르게 그 자리에 선 채로 입에 쏙 넣고 말았다.

"사장님, 정말 맛있어요!"

"그렇죠? 우리집 만두는 중국식이라 마늘 대신 생강을 넣거든요. 풍미가 아주 좋죠?"

우연히 흘러가는 순간이 삶의 습관을 결정할 때가 있는데, 내게는 커다란 찜솥 앞에서 호쾌하게 웃던 사장님과 나눈 몇 초의 대화가 그랬다. 그날 이후 나는 어쩐지 부추만두는 꼭 중국식으로 만들어야 할 것만 같았고, 간 돼지고기를 양념할 때는 마늘과 소금 대신 생강과 간장을 넣고 괜히 참기름까지 넣게 됐다. 이 공식이 아직까지도 유지되는 걸 보면 당시 먹었던 찐만두의 맛이 어지간히 좋았나 보다.

한 가지 차이점이 있다면, 나는 부추만두는 찐만두가 아닌 군만두로 기름에 지글지글 부쳐 먹는다는 것이다. 정확하게 말하자면, 부추만두뿐 아니라 집에서 만든 모든 만두를 쪄서 먹기보다는 국물 요리에 쓰거나 구워서 먹는 것을 선호한다. 쫀득한 만두피를 베어 물면 뜨겁게 김이 오르며 육즙이 흐르는 찐만두도 물론 아주 맛있다. 그런데 먹어도 먹어도 자꾸 먹게 되는 매력에 비해 한 판을 먹어도 쉽사리 배가 부르지 않으니 '내가 대체 뭘 위해 애써서 만두를 만들었지!'라는 생각이 피어오르기 때문이다. 그래서 만둣국이나 만두전골같이 푸짐함이 강조된 요리에 쓰게 된다. 아무리 만두 빚는 시간이 힐링이 되고 즐거워도, 결국에는 그럴싸하고 배부른 한 끼가 완성되지 않으면 괜히 아쉬워지는 모양이다.

그렇게 애지중지하는 만두가 가장 빛을 발하는 순간은 역시 설날이다. 나는 지단을 두껍게 부치는 데 탁월한 소질(?)이 있어서 요리책에 나오는 얇고 가늘게 채 썬 달걀 지단을 재현해내지 못하므로 매번 꼼수를 부린다. 대충 타지 않게 부친 노른자와 흰자 지단을 다이아몬드 모양으로 썰어준 뒤, 완성된 떡만둣국 위에 흰색과 노란색을 번갈아 동그랗게 얹는다. 마치 꽃 모양 같기도 하고 빛나는 별 같기도 한 게 꽤 그럴싸하다.

"새해 복 많이 받으세요!"

매년 1월 1일과 음력 설날에는 "잘 먹겠습니다" 대신 새해 인사를 하며 모두가 한 스푼 크게 떠서 먹는다. 누구는 떡을 먼저, 누구는 만두를 먼저, 또 누구는 국물을 먼저, 각자 좋아하는 대로 떠먹는다. 한 스푼만으로도 배가 따뜻해진다.

만두도, 가래떡도 좋아하는 아이들은 약속처럼 떡만둣국이 테이블에 올라오는 설날을 좋아한다. 물론 음력 설날에는 세뱃돈을 받으니 열 배로 좋아한다. 평소에도 가끔 요리하기 귀찮으면 냉동고에서 만두를 꺼내 만둣국을 끓이고 거기에 칼국수까지 넣어 자칭 칼만둣국을 끓이기도 하지만, 설날에 먹는 떡만둣국은 새해가 안겨주는 희망과 따뜻함이 한 국자씩 추가되어 단연 1등으로 맛있다.

설날을 제외하고 만두가 가장 빛을 발하는 날은 내가 과음한 다음 날이다. 술을 평소보다 조금 과하게 마셨다 싶으면 어김없이 다음 날은 나 혼자만의 놀이동산이 펼쳐진다. 아침에 일어나는 과정은 흡사 롤러코스터를 끝도 없이 타는 것과도 같고, 어떻게든 정신을 차리려고 꿀물이라도 들이켜면 그때부터는 뱃머리가 천장에 닿을 듯한 바이킹을 타는 기분이다.

'무슨 부귀영화를 누리자고 그렇게 퍼마신 걸까.'

자책해도 이미 늦었다. 해발 1,045미터에 자리한 도시에 살고 있으니 숙취는 옆집보다도 가까이 지내야 하는 존재일 수밖에 없다. 하지만 이곳에서 십수 년을 살았는데도 이놈의 숙취는 매번 새로 접하는 신문물인 양 도무지 익숙해지가 않는다.

'만두 어딨지, 만두….'

굶주린 좀비도 이것보다는 멀끔하지 않을까.

냄비에 수돗물을 절반쯤 받고 무염 치킨 육수(이것에 대해서는 나중에 설명하겠다)를 절반 부어준 뒤 가스 불을 켠다. 서 있는 것조차 용한 상태의 내게 멸치고 디포리고 육수 재료는 캐비어와도 같은 존재다. 양파를 대충 썰어 던져 넣고, 마늘을 짓이겨 그대로 넣는다. 멸치 육수는 포기해도 양파와 마늘은 꼭 넣는 걸 보면 단군의 자손임이 분명하다. 냉동고에 떡국떡이 있으면 두 팔 높이 들고 만세를 외칠 만큼 운이 좋은 날이지만, 그렇지 않아도 괜찮다. 나에게는 만두가 있으니까!

냉동고에서 고기만두와 김치만두를 두세 개씩 꺼내서 냄비에 넣는다. 풍당, 풍당. 여기서 핵심은 잘 익은 김치다. 많이는 말고 딱 한 젓가락이면 충분하다. 피시소스(성분을 보면 멸치액젓인데 맛으로는 까나리액젓에 가깝다)를 조금 넣고 소금과 후추로 간을 해주면 순식간에 해장국이 완성된다.

가끔 정신이 붙어 있으면 냉장고에서 남은 쪽파도 꺼내 가위로 숭덩숭덩 썰어 넣는다.

의자를 바짝 끌어당겨 척추 전문의가 보면 기함을 할 정도로 구부정한 등을 하고 앉아서 천근과도 같은 숟가락을 들고 국물을 떠서 입에 넣는다.

"하아…!"

이제야 좀 사람 같다.

만두를 하나 떠서 후후 불어 조심스럽게 한입 베어 문다.

"앗 뜨거! 음… 맛있다."

꿀물보다 달다. 뜨겁고 눅진한데 시원하고 개운하다. 열심히 한 입, 두 입 먹다 보면 뻣뻣하던 몸이 조금씩 풀어지고 등에 땀이 송골송골 맺힌다.

입천장이 데는 줄도 모르고 정신없이 먹다가 나중에는 국물에 밥까지 싹싹 비벼 먹고 시원한 냉수 한잔 들이켜면, 그제야 세상이 또렷하게 보인다.

'어우, 이제 좀 살 것 같네. 그러게 작작 좀 마실 걸.'

얼마 가지 않을 다짐임을 알고 있다. 우리집 냉동고에 만두가 있는 한, 나는 마음 든든하게 마실 테니.

호화롭지 않아도,
와인은 맛있다

'어렵다, 어려워.'

레드와인이 좋을지, 화이트와인이 좋을지 고르는 건 매번 어렵다. 공부를 이렇게 열심히 했더라면 우리집 벽에 하버드 졸업장이 있을 텐데. 나에게 와인은 기분이 울적할 땐 사근사근 위로해주고, 기분이 좋을 땐 같이 손뼉을 치며 웃어주는 친구 같은 존재라 마실 때마다 신중히 고르게 된다.

겨울에는 레드와인, 여름에는 화이트와인, 한여름에는 로제와인이 내게는 디폴트로 설정돼 있다. 그래도 눈이 펑펑 내리는 영하 30도의 날씨에도 입안에서 왈츠를 추는 차가운 화이트와인이 생각날 때가 있는가 하면, 여름 뙤약볕 아래서 조금씩 데워지는 레드와인의 묵직한 맛이 찰떡같이 어울리는 날이 있다. 이런 변덕스러운 타이밍을 기가 막히게 집어낼 땐 만족스러움에 "이야!" 소리가 절로 난다.

잘록한 입구에 단단히 자리 잡은 코르크에 와인 오프너를 꽂고 손잡이를 시계방향으로 천천히 돌린다. 날카로운 꼬챙이가 코르크에 꽂혀 빙글빙글 깊이 들어갈수록 양옆의 손잡이가 조금씩 들리고 결국에는 하늘 높이 솟는다. 양손으로 손잡이를 잡고 아래로 내리면, 좁은 와인병 입구에 압축된 채 갇혀 있던 코르크가 몇 년 만에 세상 밖으로 나오며 개운한 소리를 낸다.

'뻑!'

첫 잔을 따른다.

'끌럭 끌럭 끌럭.'

코르크 마개를 열고 따르는 와인 첫 잔의 소리는 맑고 청아한 소주의 소프라노 같은 '꼴락 꼴락 꼴락'과 다르게 묵직한 베이스 톤이다. 한 병을 꼬박 다 마셔야만 다시 이 소리를 들을 수 있다는 게 아쉬울 만큼 매력적인 소리다.

그렇게 와인을 좋아하지만 모순되게도 나는 와인에 대해서 아는 바가 거의 없다. 분명 학교 다닐 때 와인에 대한 강의를 듣긴 했지만, 다양한 와인을 맛보며 수업이 진행될 거라는 교수님의 설명을 듣는 순간 내 머릿속에서 이론 같은 어려운 이야기는 사르르 녹아내리고 말았다. 이론이 뭐가 중요하겠는가. 그저 동네 와인 가게에서 세일하는 와인을 적당히 골라 맛있게 마시면 그만인걸.

'오늘은 뭘 곁들이는 게 좋을까?'

두 번째 즐거운 고민이 시작된다. 레드와인은 고기 요리와, 화이트와인은 해산물과 곁들이는 게 일반적이지만 정답은 없다. 잘 구운 쥐포와 레드와인, 지글거리는 삼치살과 화이트와인의 조합도 무척 훌륭하다.

집에서 나 혼자(또는 남편과) 마시는 와인이니 아무거나 챙겨 먹어도 되지만, 와인을 마실 때면 제일 고민하는 게 '대체 뭘 함께 먹어야 충분히 만족할 수 있을까'이다.

술을 벗 삼아 살아온 삶이 길다면 길고 짧다면 짧은데(굳이 연수를 밝히지는 않겠지만 적지 않은 시간 동안 술은 내 삶에 늘 좋은 친구였다) 그냥 그날 기분에 따라서 손에 집히는 게 안주가 되는 날이 허다하지만, 그럼에도 항상 고민하게 된다. 오늘 마시는 술은 평생 다시 맛볼 수 없을 테니 안주를 잘 골라야 한다. 어제와 같은 와인을 마셔도 오늘 하루가 어떻게 흘러갔느냐에 따라서 유독 떨떠름하게 느껴지는 날도 있고 초콜릿보다 달콤하게 느껴지는 날도 있으니 곁들이는 안주를 열심히 고민할 수밖에.

열에 일곱은 평소 좋아하는 조합으로 무난하게 흘러간다. 담백한 크래커, 꼬리꼬리한 치즈, 살라미처럼 짭짤하게 간을 해서 절인 고기, 올리브오일과 식초 베이스에 절인 아티초크 등 담백하고 새콤 짭짤한 재료를 접시에 조금씩 담아 먹는 날이 대부분이다. 거기서 조금 호화롭게 구성하고 싶은 날에는 향신료에 절인 올리브를 곁들이거나 치즈를 늘리거나 하는 정도다.

남은 셋 중 하나는 1년에 몇 안 되는 날인데, '와인을 위한, 와인에 의한, 와인의 날'이다. 양갈비 스테이크를 굽는다든지 연어회를 준비하는 등 와인을 위해서 재료와 시간을 아낌없이 쏟아부어 안주에도 와인과 동등하게 포커스를 맞춘다.

소주와 더없이 잘 어울리는 홍합찜 역시 화이트와인에 아주 훌륭한 안주다. 만드는 방법 또한 간편하고 금방 완성되니 짧은 시간에 그럴싸한 안주가 탄생한다. 우선 냄비에 올리브유를 두르고 다진 양파와 마늘을 넣어 은근하게 볶는다. 손님을 초대했을 때 손님의 마음을 설레게 하는 가장 간단한 방법 중 하나가 올리브오일 또는 버터에 양파와 마늘을 볶는 것이다. 별것 아닌 듯해도 기름에 은근하게 볶이는 양파와 마늘 향이 온 집을 가득 채우면 지켜보는 이의 침샘이 활발해지니 말이다.

양파와 마늘이 잘 볶였다 싶으면 손질한 홍합을 넣고 달그락거리며 잘 저어준 뒤, 오늘 마실 화이트와인을 조금 붓고 뚜껑을 덮어 홍합이 익기를 기다린다. 어디 가지 말고 그 앞에서 지켜봐야 한다. 1분도 안 돼서 홍합이 입을 열 테니.

여기부터는 오롯이 여러분의 선택에 달렸다. 이대로 요리를 마무리해도 좋고, 냉장고에 이탈리안 파슬리나 타임 같은 프레시 허브가 있다면 조금 뜯어서 넣는다. 대신 말린 허브는 별로 추천하지 않는다. 말린 허브가 진가를 발하려면 최소 10분 이상 열이 가해져서 은근하게 맛이 우러나야 하는데 홍합찜은 순식간에 완성되기 때문이다. 여기에 후추를 조금 갈아서 뿌려주면 오늘의 안주 완성이다.

통통하게 잘 익은 홍합을 포크로 콕 찍어 입에 넣으면 홍합살의 진한 맛과 향긋한 바다 내음이 어우러져 와인을 마시지 않고는 견딜 수가 없게 된다. 와인 한 모금, 홍합살 한 입, 와인 한 모금, 홍합 국물 한 입…. 계속 먹다 보면 어느새 와인 한 병이 바닥을 보이고 내 눈은 슬슬 감겨 어느덧 머릿속에 바다가 그려지며 파도가 두 발을 간지럽힌다. 안주만으로도 바다 구경을 할 수 있다니, 참으로 좋은 메뉴 아닌가.

화려한 안주는커녕 안주 자체에 전혀 관심이 없는 날도 실제로 있다. 그런 날에는 보통 아무거나 눈에 보이는 것 또는 그때그때 입이 원하는 대로 안주 삼아 먹는데, 가볍게 맨입에 와인 한 잔을 마시거나 고소한 견과류와 귀리를 달콤한 꿀로 버무려 구워둔 아침 식사용 그래놀라를 와작와작 씹어 먹기도 한다.

평소 아이들이 먹다 남긴 과자를 발견한 날은 그 과자가 와인 안주가 되는데, 몇몇 과자는 와인과 궁합이 의외로 잘 맞아서 먹으면서 손뼉을 칠 때가 있다. 대표적인 예가 새우깡, 고래밥, 꽃게랑처럼 해산물 맛이 나는 과자인데 화이트와인과 꽤 잘 어울린다. 가끔 아이들이 한인마트에서 과자를 고를 때면 괜히 해물맛 과자를 보여주며 "이거 어때? 맛있어 보이지 않니?"라며 아이들의 환심을 사려고 애쓰는 자신을 발견하기도 한다. 그냥 당당하게 몇 개 고르면 될 것을. 그렇지만 나를 위해서 고르는 과자는 생각만큼 맛있지도 않고 와인과 크게 어울리지도 않는 걸 보면 '아이들이 먹다 남긴' 과자를 지혜롭게 해치우는 행위가 와인의 맛을 더해주는 것임에 틀림없다.

이따금 와인을 마셨음에도 국물 요리가 생각날 때가 있다. 이럴 거면 그냥 소주를 마시는 게 좋았으련만, 국물이 생각났다는 건

와인에 거나하게 취했다는 뜻이니 후회해도 이미 늦었다.

자석에 이끌리듯, 손끝이 저절로 팬트리에 가지런히 놓인 라면을 향한다. 우리집 팬트리에는 동네의 어지간한 가게 못지않게 다양한 라면이 구비돼 있는데, 이런 날은 어김없이 내 영혼의 동반자 신라면 한 봉지를 꺼내 손바닥으로 으깬다. 와그작 바그작 부서지는 라면과 바스락거리는 라면 봉지의 하모니가 귀를 간지럽힌다.

"당신도 뽀글이 먹을래?"

반 개를 끓이자니 좀 그렇고, 한 개를 끓이자니 체중계가 나를 째려보는 게 느껴져서 괜히 남편을 끌어들인다.

왜 하필 '뽀글이'일까? 평범하게 끓이는 라면과 잘게 부숴서 국물 없이 자박하게 끓인 뽀글이의 차이점은 그저 면발의 길이뿐인데도, 나는 와인 안주로는 매번 뽀글이를 끓인다.

곰곰이 생각해보자면 아마도 라면은 젓가락을 사용해서 먹어야 하고 간단한 끼니 대용으로 애용되는 만큼, 최소 김치 정도는 함께 내줘야 그럴싸해 보이기 때문이 아닐까 싶다. 반면 뽀글이는 이름부터 벌써 친숙하다. 대충 냄비 그대로 턱 밑에 놓고 반쯤 풀린 눈을 한 채 스푼으로 휘저어 입에 넣으면 되는 '꽐라 친화적인' 메뉴다. 그러니 본능적으로 뽀글이를 선호할 수밖에 없다.

또한 놀랍게도 라면이 와인과 기가 막히게 잘 어울린다는 사실! 화이트와인은 말할 것도 없거니와, 어쩐지 우아하고 분위기 좋은 곳에서만 마셔야 할 것 같은 레드와인도 뽀글이 앞에서는 그냥 술일 뿐이다. 스페인 요리, 이탈리안 요리 등 다양한 향신료와 매콤한 포인트를 주는 요리에는 항상 옆에 레드와인이 자리 잡고 있으니 라면이 그러지 못할 이유가 당연히 없다.

와인에는 그에 걸맞은 고품격 안주를 곁들여야 한다는 생각은 잠시 접어두고, 독자 여러분도 오늘 밤 라면을 끓여서(뽀글이면 더욱 좋다) 와인과 함께 즐겨보자. 어렵고 멀게만 느껴졌던 와인이 의외로 친근해지면서 지구는 둥글고 세계는 하나라는 생각이 절로 들 것이다.

최소한의 노력,
최대한의 갬성

'오늘은 또 뭘 먹지? 대체 다들 매일 뭘 해 먹고 사는 걸까?'

누구나 한 번쯤은 해본 생각일 것이다. 나도 예외는 아니다. 좋든 싫든 매일 만들어야 하는 밥. 1년은 365일이요, 인생은 60부터인데, 인생의 출발선에 채 가까이 가지도 못한 채 막막한 집밥의 길을 끝없이 걷고 있다.

간단한 한 그릇 요리부터 힘 좀 줬다 싶은 요리까지 하나둘 만들어 먹고 레퍼토리 돌려막기가 지긋지긋해질 때쯤이면, 책장 한 구석에 꽂힌 요리책을 펼쳐보거나 SNS에서 집밥과 관련된 해시태그를 찾아보며 아이디어를 얻어볼까 싶어진다. 하지만 그럴 때마다 화려한 재료가 제일 먼저 눈에 들어와서 머리와 눈이 동시에 주춤거린다.

"으아, 이렇게까지 일을 벌이고 싶지는 않아."

집에 기본적으로 있는 간장, 고추장, 된장 등의 소스를 이용해 냉장고에 남아 있는 재료를 볶아 먹고 끓여 먹으면 어느 정도 한식, 중식, 일식이라는 이름을 붙여 한 끼를 해결할 수 있다. 그런데 뭔가 색다른 음식, 즉 흔히 서양식으로 분류되는 이탈리아 요리, 프랑스 요리 등 레스토랑 느낌을 양껏 낼 수 있는 메뉴는 대체 어디서부터 시작해야 할까? 집에 어떤 재료들을 구비해두면 한번 사서 오래오래 잘 쓰고, 돈 주고 사길 잘했다는 보람이 요리할 때마다 샘솟을까? 또 굳이 특정 메뉴를 위해서 구입해야만 하는 특별한 재료가 아닌, 평소 반찬에도 사용할 수 있는 부담 없는 재료들로 기분 전환이 되는 요리를 만들 수는 없을까? 이런 고민을 해본 적이 있다면 독자 여러분께 자신 있게 말하고 싶다. 방법은 있다!

흔히 말하는 서양 요리를 하려면 어쩔 수 없이 구입해야 하는 재료들이 있는데, 피할 수 없는 산이지만 걱정하지 않아도 된다. 레시피가 요구하는 모든 재료를 구입하지 않고도 맛있게 만드는 방법은 생각보다 다양하니까!

서양 요리에서 빠질 수 없는 재료는 허브다. 음식을 가장 맛있게 만들려면 물론 신선하고 좋은 재료를 써야겠지만, 여기서 포인트는 '한번 구입해서 적어도 1년 이상 주방 서랍에 넣어뒀다가 생각날 때 편하게 꺼내서 쓸 수 있는 재료들'이기 때문에 가끔 새로운 요리를 시도해보고 싶은 경우라면 프레시 허브가 아닌 말린 허브를 추천한다.

사람마다 기준이 다르겠지만, 통상 말린 허브는 상온에서 1~2년 정도 보관할 수 있다. 이상적으로는 1년 안에 쓰는 것이 좋지만 사실 2년까지, 아니 2년이 지나도 아무 문제 없다. 물론 시간이 갈수록 맛과 향이 흐릿해진다는 단점이 있지만서도.

허브의 종류는 셀 수 없이 다양한데 그중 가장 자주 쓰이는 바질, 오레가노, 타임 이 세 가지는 무조건 구비하기를 추천한다. 무적의 말린 허브 삼총사가 주방 서랍에 있는 한 어지간한 요리는 다 시도해볼 수 있다. 여기에 로즈메리와 월계수 잎까지 추가하면 재료를 끓이기만 하면 완성되는 수프와 스튜까지, 시도할 수 있는 레시피가 늘어난다.

다음으로 주방에 꼭 구비해두면 좋은 재료는 홀 토마토 통조림이다. 홀 토마토 통조림은 산마르자노 토마토나 플럼 토마토로 만들어지는 것이 일반적인데, 뜨거운 여름 태양 아래 토마토가 무르익어 맛이 최고조에 다다랐을 때 수확해서 껍질을 벗기고 통조림으로 만든 제품이다. 통조림이기 때문에 최소 1년에서 보통 2년까지 상온 보관이 가능하니 베란다 한구석에 여러 개 쌓아두면 필요할 때 언제든지 사용할 수 있다. 토마토가 들어간 요리라고 하면 흔히 토마토소스를 곁들인 파스타를 제일 먼저 떠올리는데 홀 토마토로 만들 수 있는 요리는 그 외에도 무궁무진하다.

먼저 이탈리아 가정식 요리인 치킨 카치아토레를 꼽을 수 있다. 카치아토레(Cacciatore)는 이탈리아어로 '사냥꾼'이라는 의미가 있는데, 닭고기로 만드는 것이 일반적이지만 토끼고기로 만들기도 한다. 오래전 사냥꾼이 고된 하루의 끝에서 빠르고 맛있게 한 끼를 만들던 것에서 비롯된 음식으로, 만들기 쉬우며 냄비 하나로 완성할 수 있는 만점짜리 메뉴다.

치킨 카치아토레는 잘 달궈진 큼직한 냄비에 식용유를 넉넉히 두르고, 소분한 닭 한 마리에 소금과 후추로 간을 한 뒤 앞뒤로 노릇하게 구워준다. 어차피 나중에 소스를 넣고 끓일 것이니 겉만 노릇하게 색을 내는 정도로 구워주면 된다. 뼈는 발라내고 살코기에 껍질이 붙어 있는 닭 허벅지로 요리하면 먹기 편해서 손님상에 내기에도 좋다.

구운 닭고기는 꺼내서 접시에 담아 잠시 옆에 두고, 적당히 다진 양파, 파프리카, 마늘, 얇게 썬 양송이버섯을 냄비에 넣고 비장의 말린 허브를 넣어준다. 말린 타임과 오레가노를 한 꼬집씩 넣어주면 딱 좋다. 혹시 로즈메리가 있다면 그것도 조금 넣어주자. 냄비 속 재료들을 느긋하게 볶고 있으면 앞서의 고소한 닭고기 냄새에 기름에 볶아지는 채소와 말린 허브가 뿜어내는 향이 더해져 온집을 가득 채운다. 마치 영화 〈UP〉의 한 장면처럼 지금 내가 서 있는 집이 두둥실 떠올라 이탈리아의 어느 마을 한구석에 조용히 내려앉는 기분이 들 것이다.

혹시 마시고 남은 와인이 있다면(또는 식사에 곁들일 계획이라면 지금 한 병 오픈하자) 조금 부어준다. 레드와인을 넣으면 이탈리아 남부 스타일의 요리가, 화이트와인을 넣으면 북부 스타일의 요리가 되니 오늘 여러분의 집이 어느 마을에 내려앉았는지에 따라서 원하는 대로 넣으면 된다. 볶을 때 눌어붙은 냄비 바닥의 다진 마늘과 채소들이 와인을 흡수하며 '치이익' 맹렬하게 증기를 뿜을 것이다. 이때를 놓치지 말고 바닥을 나무주걱으로 닥닥 긁어준다.

물론 와인을 넣지 않아도 맛있다. 그럴 땐 약간의 산미를 추가하기 위해서 식초를 아주 조금, 서너 방울 떨어뜨려 주자. 그것으로 충분하다.

이제 접시에 덜어뒀던 닭고기를 냄비에 전부 넣고(접시에 흘러나와 있는 육즙까지 몽땅 넣어주자) 홀 토마토를 넣어줄 차례다. 홀 토마토는 단어 그대로 토마토가 동그란 모양째 통조림에 담겨 있으니 핸드 블렌더가 있다면 가볍게 붕붕 갈아서 냄비에 부어주면 좋다. 아니면 토마토를 꺼내서 대충 굵직하게 썰거나 잘게 다진 뒤 통조림에 남아 있는 주스와 함께 넣어주거나, 이도 저도 귀찮을 땐 홀 토마토 그대로 냄비에 부은 뒤 가위로 숭덩숭덩 잘라줘도 좋다. 요리에는 옳고 그름이 없다. 만드는 사람이 원하는 대로 하는 것이 바로 그날의 정답이다.

토마토소스가 끓기 시작하면 굉장히 맹렬하게 주위에 튀기니 뚜껑을 닫고 조리하는 것이 마음 편할 것이다. 20분 정도 보글보글 소리로 귀가 즐거웠다면 식사 준비는 끝이다. 이대로 가볍게 내도 좋고, 푸실리 같은 짧은 파스타를 삶아서 함께 내면 저녁 식사로 훌륭한 메뉴가 완성된다. 촉촉하게 잘 익은 닭고기에 토마토소스를 듬뿍 찍어 먹으면, 북부인지 남부인지 위치는 잘 모르겠지만 일단 내 입은 이탈리아 어딘가에서 내리쬐는 태양을 즐기는 순간으로 나를 데려간다.

혹 손님상에 내기 위해 만들고 있다면, 마무리로 있어 보임을 높여주기 위해 짭짤한 케이퍼나 올리브를 조금 추가하고, 굵게 다진 이탈리안 파슬리를 위에 흩뿌려주자. 빨강, 초록이 어우러져 시각적으로도 즐거운 이탈리안 가정식 요리를 우리집에서도 얼마든지 선보일 수 있다.

서양 요리의 양대 산맥 중 하나인 이탈리아 요리를 선보였다면, 이제는 프랑스 요리를 만들어볼 차례다. 인심 좋은 요리사와 왁자지껄 먹고 마시는 이미지가 떠오르는 이탈리아 요리와 다르게 '프랑스 요리' 하면 각 잡힌 높은 요리사 모자와 어려운 메뉴 용어, 까다로울 것 같은 식사 매너 등이 떠오르기 마련이다. 하지만 사실 세계 어디든 사람이 먹고사는 건 다 똑같듯, 프랑스 요리라고 해서 별다를 것도, 어려울 것도 전혀 없다.

영화 〈라따뚜이〉로 잘 알려진 요리 라따뚜이는 토마토, 가지, 호박 등 알록달록한 채소를 볶아서 만든 채소 스튜인데, 버터나 치즈가 들어가지 않아 비건 요리로도 아주 훌륭한 메뉴다.

정석대로 하자면 각 채소를 따로따로 볶아서 한데 합쳐 끓여야 하지만, 번거로우니 나는 단단한 채소부터 순서대로 넣고 볶는다. 먼저 양파, 파프리카, 애호박, 가지, 토마토를 엄지손톱만 한 크기로 깍둑썰기하고 마늘은 적당히 다진다. 냄비에 올리브오일이나 식용유를 두르고 양파와 파프리카, 마늘을 넣고 볶다가 남은 채소를 넣고 말린 바질과 오레가노를 한 꼬집씩 뿌려 넣는다. 소금과 후추로 간을 하며 볶다가 홀 토마토 캔을 하나 따서 앞서 했던 방법으로 토마토를 적당히 으깨준 뒤 냄비에 붓는다. 뚜껑을 닫고 약 10분간 보글보글 끓여주면 어려운 이름과 달리 손쉽게 라따뚜이가 완성된다.

손님상에 낼 때는 프레시 바질을 잎사귀 그대로 뜯어서 위에 올린 뒤, 바게뜨나 마늘빵과 함께 내면 이보다 더 좋을 수 없는 메뉴가 된다. 빵을 손으로 뜯어서 라따뚜이에 듬뿍 찍으면 각종 맛이 배어 있는 소스가 빵에 속속들이 배어든다. 소스가 떨어질세라 입에 쏙 넣으면 내가 앉아 있는 이곳은 니스 해안가의 어느 레스토랑이 된다.

가정식 라따뚜이보다 좀 더 화려한 이미지로 만들고 싶을 때는 오븐에 구워서 내는 방법도 있다. 비록 한 냄비에 전부 넣고 볶아서 완성하는 간편함은 사라지고 냄비에 볶아서 소스를 만든 뒤 나머지 채소를 얇게 썰어 얹어야 하는 번거로움이 동반되지만, 들어가는 노력에 비해서 완성도는 비교할 수 없이 높으니 한번 해볼 만하다.

만드는 방법은 비슷하다. 양파, 파프리카, 마늘, 말린 바질과 오레가노를 넣고 볶다가 으깬 홀 토마토 캔을 붓고 5분간 끓여 소스를 만든 뒤 오븐디시에 자작자작하게 부어준다. 이제 나머지 채소를 얇게 썰어줘야 하는데, 아무래도 하나씩 손으로 썰려면 시간이 만만치 않게 걸리니 빠르고 일정한 두께로 썰 수 있는 채칼 사용을 추천한다.

삭삭 사삭삭.

날카로운 채칼 밑으로 한 장씩 떨어져 쌓이는 채소들은 가을 낙엽처럼 알록달록 예쁘다. 동그랗고 얇게 썰어진 애호박, 가지, 토마토를 하나씩 차례대로 겹쳐서 소스 위에 나란히 빙 둘러서 놓아준다. 서로 비스듬히 겹쳐서 쌓여 있는 모습이 마치 도미노를 연상시켜 보는 즐거움이 쏠쏠하다. 소금과 후추로 간을 한 뒤, 오븐에서 구워지는 동안 채소가 마르지 않고 노릇하게 구워질 수 있도록 올리브오일이나 식용유를 위에 골고루 빙 둘러준다. 200도로 예열한 오븐에서 30분쯤 노릇하게 구워주면 어느 프렌치 레스토랑 부럽지 않은 근사한 라따뚜이를 우리집 식탁에서 즐길 수 있다.

요리에 들어가는 재료나 채소들은 평소 식사 준비에 사용하는 것과 크게 다를 바 없지만, 말린 허브 삼총사(또는 오총사)와 홀 토마토 통조림을 구비해뒀다는 사실만으로도 우리집은 이탈리아, 프랑스뿐 아니라 세계 어느 나라도 잠시 들렀다 올 수 있는 마법의 공간이 된다.

이 두 가지를 만들고 나면 의외로 적은 노력으로도 꽤 그럴싸한 서양 요리를 만들 수 있다는 사실에 해보지 않았던 요리에 대한 자신감이 싹틀 것이고, 굳이 내가 추천하지 않아도 어느새 독자 여러분은 다양한 향신료를 하나둘 구비하게 될 것이다.

멕시코 요리, 스페인 요리 등 쉽고 맛있는 전 세계의 가정식 요리가 무척 많으니 오늘 저녁은 용기를 내어 색다른 요리를 시도해보는 게 어떨까.

없어서는 안 될
애착 주방템

저마다 애정을 갖고 쓰는 물건이 하나씩은 있기 마련이다. 중요한 문서를 작성할 때 반드시 사용하는 특정 필기구부터 하루의 기록을 고스란히 담은 다이어리나 매일 밤 끌어안고 자는 애착 인형처럼 심리적 안정을 주는 물건까지 말이다.

　나 역시 애착을 갖고 사용하는 물건이 여러 개 있는데, 그중 주방 한정 애착 아이템은 세 가지다. 무염 치킨 스톡, 후추 그라인더, 제스터.

　무염 치킨 스톡은 서양 요리 레시피에 자주 등장하는 재료로 서양식 국물 요리에 빠질 수 없는 재료다. 치킨 스톡(stock)은 닭 뼈를 넣어 우린 육수이고 치킨 브로스(broth)는 살코기를 위주로 넣어서 만든 육수로, 전자는 국물이 투명한 반면 후자는 뽀얀 국물이 특징이다. 정확하게 표현하자면 내가 사용하는 제품은 무염 치킨 브로스인데, 입에 스톡이라는 단어가 붙어서 나 편하자고 치킨 스톡이라고 부르고 있다.

무염 치킨 스톡은 소금이 첨가되지 않은 닭 육수다. 한국식 닭 육수에 흔히 대파, 양파, 통마늘, 통후추가 들어간다면, 서양식 치킨 스톡에는 여기에 당근 등의 채소와 프레시 타임, 파슬리 줄기, 월계수 잎 등의 허브가 추가된다.

커다란 육수용 냄비에 재료를 전부 넣고 끓이기만 하면 되니 간편하지만, 만든 육수를 소분하여 냉동 보관하는 과정이 여간 귀찮은 게 아니다. 그래서 나는 마트에서 치킨 스톡을 박스째 구입해서 주방 팬트리에 쟁여놓고 필요할 때마다 하나씩 꺼내서 쓰고 있다.

치킨 스톡 하면 서양 요리에만 써야 할 것 같은 생각이 들지만, 어디까지나 맛있는 닭 육수이기 때문에 한식부터 중식까지 굉장히 다양하게 활용할 수 있다. 물 대신 치킨 스톡을 넣어서 조리했다는 이유만으로 음식 맛이 최소 세 배는 맛있어지니 혹여나 떨어질세라 마트에 갈 때마다 꼭 한 박스씩 사 온다.

이렇게 아끼는 치킨 스톡이 가장 자주 쓰이는 메뉴는 국물 요리다. 김치찌개, 순두부찌개부터 짬뽕, 전골 요리까지 육수를 내는 수고를 하지 않아도 요리의 감칠맛이 살아나니 적은 노력으로 맛있는 한식을 만들어 먹기에 이보다 더 좋은 방법이 없다. 소고기 육수인 비프 스톡도 물론 사용할 수 있지만, 치킨 스톡에 비해 셀러리처럼 향이 강한 채소와 허브 향이 도드라져서 한식에 쓰기에는 맛이 어울리지 않아 나는 치킨 스톡을 애용한다.

이곳에서는 가염 치킨 스톡이 폭넓게 쓰이지만 나는 소금이 첨가되지 않은 '무염' 치킨 스톡을 고집한다. 그래야 음식의 간을 소금뿐 아니라 국간장, 까나리액젓, 된장 등으로 조절할 수 있고 짠맛 외의 감칠맛을 풍부하게 표현할 수 있기 때문이다. 특히 이곳의 가염 제품은 물 한 컵을 들이켜도 목구멍이 사막 한가운데 서 있는 것 같은 기분을 안겨줄 정도라서 제품을 구입할 때는 무염인지 아닌지 꼭 확인한다.

멸치 육수조차 내기 귀찮은 날에는 무염 치킨 스톡과 물을 반반 섞으면 그 자체만으로도 육수가 완성되니 정말 편하다. 여기에 미역을 풀어 넣으면 미역국이요, 칼국수를 풀어 넣으면 칼국수가 된다.

국물 요리 외의 메뉴에서도 치킨 스톡의 활약은 계속된다. 양파, 마늘, 사천 통후추 등의 향신료를 기름에 볶아 맛을 낸 뒤, 간

돼지고기와 두반장을 넣고 볶은 다음 무염 치킨 스톡을 자작자작하게 붓는다. 깍둑썰기한 두부를 넣고, 우르르 끓으면 전분물로 점도를 조절해주면 순식간에 맛있는 마파두부가 완성된다. 밥하는 게 아무리 귀찮아도 무염 치킨 스톡만 있다면 한 그릇 뚝딱 해치울 수 있는 요리가 셀 수 없이 많으니 내게는 도저히 없어서는 안 되는 최애 아이템이다.

후추 그라인더는 요리 위에 통후추를 갈아줄 때 사용하는 제품인데, 레스토랑뿐 아니라 가정에서도 많이 사용하는 주방 아이템 중 하나다. 평소 한식, 일식, 중식 등의 아시아 요리를 할 때는 공장에서 일괄적으로 갈아져 나온 후추를 넣고, 그 외의 요리를 할 때는 꼭 그라인더로 통후추를 갈아서 넣는데, 왜 그렇게 하는지 이유를 묻는다면 나도 잘 모르겠다.

물론 파스타를 만들 때 갈아진 후추를 넣어도 맛있고, 차돌박이 볶음 요리에 그라인더로 후추를 갈아서 넣어도 맛있다. 그런데도 내 머릿속 맛을 감지하는 어느 부분이 마치 거부를 하는 듯, 그라인더에서 갈아낸 후추는 밥과 함께 먹는 요리에는 어딘가 미묘하게 어울리지 않는다는 기분이 든다. 물론 내가 요리해서 내가 먹는 것이니 이 차이를 나만 알 뿐, 다른 사람이 요리해서 갖다주면 아마 잘 모를 것이다. 그렇게 보면 이건 순전히 요리를 하는 나 혼자 느끼는 감정일 수도 있겠다. 어릴 때부터 늘 봐온 후추는 엄마가 사용하는 순후추였고 집밥은 항상 한식이었으니, 캐나다로 와서 요리 공부를 시작하면서 처음 쓰게 된 후추 그라인더는 자연스레 서양 요리에 써야 하는 제품이라는 편견이 자리 잡은 모양이다.

현재 내 주방 서랍에 자리한 후추 그라인더는 밥반찬이 아닌 모든 요리에 쓰인다. 스테이크에 양념을 할 때나 샐러드드레싱을 만들 때, 언제나 내 손에는 올록볼록 곡선이 손에 착 감기는 후추 그라인더가 들려 있다. '드륵 드르륵' 손잡이를 돌리면 곱게 갈려 나오는 후추가 청각과 후각으로 요리의 즐거움을 자극해 기분을 들뜨게 한다. 물론 굉장히 많은 양을 갈아야 할 때는 손목이 나에게 시큰하다고 소리를 지르지만.

다음은 후추 그라인더와 비슷한 맥락의 주방 아이템인 제스터다. 손가락 두 마디 정도 되는 폭에 주방 칼처럼 긴 길이의 제품인데, 표면에 작고 촘촘하게 날이 서 있다. 레몬이나 오렌지를 삭삭 갈아내면 껍질의 쓴맛이 나는 하얀 부분이 아닌 가장 겉 부분의 얇은 층만 곱게 갈아 맛과 향을 더할 수 있어서 베이킹에 흔하게 쓰이는 아이템이다.

제스터는 시트러스 과일뿐 아니라 치즈를 갈아줄 때도 자주 쓰인다. 제품마다 날의 굵기와 각도가 각기 다른데, 조금 더 굵은 날이 넓은 각도로 서 있는 제스터로 파마지아노 레지아노 치즈를 갈아주면 파스타나 피자 위에 눈처럼 소복하게 쌓이는 치즈를 연출할 수 있다.

이렇게 제스터는 베이킹과 요리에 두루두루 쓰이는데, 재밌게도 내가 가장 자주 사용할 때는 마늘과 생강을 갈아줄 때다. 그도 그럴 것이 이곳의 생강은 섬유질이 놀랄 정도로 많고 억세기 때문이다. 언젠가 식사를 하다가 입 속에서 머리카락 같은 무언가가 느껴져서 꺼내봤더니 노란 생강 섬유질이었다. 그걸 보고는 얼마나 놀랐는지 식욕이 뚝 떨어질 정도였다. 그 후로는 무조건 생강은 칼로 다지지 않고 제스터로 가는데, 열심히 갈아주고 나면 제스터 위에는 채 갈리지 않은 생강 섬유질이 수북하게 쌓인다. 대체 뭔 생강이 이렇게 억센지 모르겠다.

한식에서 다진 마늘은 없어서는 안 될 존재다. 미리 마늘을 다져서 냉동 보관을 하면 요리할 때는 굉장히 편하지만 갓 껍질을 까서 다진 마늘보다 맛과 향이 옅어진다. 그 점이 아쉬워서 늘 그때그때 필요한 만큼 다져서 넣는데, 제스터에 곱게 갈린 마늘의 진한 향에 반해서 그 뒤로는 줄곧 제스터를 쓰게 됐다. 특히 불에 조리하지 않는 무침 요리에 다진 마늘을 넣어야 할 때는 칼로 아무리 곱게 다져도 마늘이 씹혀서 매울 때가 있는데, 제스터에 갈아주면 페이스트처럼 곱게 갈리니 굉장히 편하다.

물론 마늘이 많이 필요할 때는 칼로 다지는데, 가끔은 별생각 없이 마늘 한 줌을 제스터에 꾸역꾸역 갈고 있는 자신을 발견할 때도 있다. 그냥 칼로 다지는 게 빠를 텐데 난 왜 이러고 있나 싶지만, 아마도 제스터를 쓰는 게 습관이 돼서 무의식적으로 손에 잡았을 것이다. 그 정도이니 제스터를 애착 아이템에서 빼놓을 수 없다. 아무리 빨아도 묵은 때가 벗겨지지 않아 하얗던 털이 회색을 띠게 된 애착 인형처럼.

—

Chapter 2

계획대로만 살 수는 없으니까

—

마트에서만큼은
이 구역 큰손이 되고 싶어

마트에 가는 날이면 전날부터 신이 나고 기대가 돼서 몸이 들썩인다.

내가 어릴 때 시장에서 잠깐 옷 장사를 했던 엄마는 일주일에 한두 번씩 나를 데리고 동대문시장과 남대문시장을 다니며 물건을 떼 오곤 하셨는데, 엄마 손에 이끌려 간 시장은 24시간 분주하고 활기가 넘쳤다.

"나 시장 안 가고 싶은데…. 그냥 집에 있으면 안 돼?"

이따금 꿍얼거렸지만 어린 딸을 집에 두고 갈 수는 없으니 낮에는 쑥개떡으로, 새벽에는 노점의 손칼국수로 나를 달래며 꼭 데려가셨다. 산처럼 쌓여 있는 옷더미에 흥미가 있을 리 없는 여덟

살의 나에게 유일한 재미는 엄마가 손에 쥐여주는 간식이었다. 옥
수수빵, 술빵, 쑥개떡, 가끔은 호박엿까지 시장에서 파는 다양한
먹거리를 생각하면 손바닥 뒤집듯 마음이 확 바뀌곤 했다. 방바닥
에 빈대떡처럼 달라붙어 있던 등을 슬그머니 떼어 주섬주섬 일어
나며 마지못해 따라가는 척을 하는데, 입꼬리는 어느새 볼 위로 씰
룩거리며 내 속을 드러낸다.

　　개나리가 흐드러진 담벼락 앞 버스정류장에서 엄마 손을 잡은
채 운동화 속 발가락을 꼼지락거리며 고민한다.

　　'오늘은 뭘 사달라고 하지?'

　　흥겨운 노래가 울려 퍼지는 시장 앞에 버스가 서면 문이 열리
는 동시에 시장 내의 모든 음식 냄새가 코를 간질인다. 노란 고무
줄로 고정해놓은 일회용 용기 안에서 양 끝으로 단무지와 당근이
삐져나온 김밥도, 철렁철렁 가위를 흔드는 아저씨의 손끝에서 또
각또각 끊어지는 달콤한 엿도, 연탄불에서 노릇노릇 구워지는 쥐
포도 모두 맛있어 보인다.

　　"개떡 먹을래, 개떡!"

　　"넌 이게 그렇게 맛있니?"

　　쩐덕이는 식감이라며 개떡과 수제비를 좋아하지 않는 엄마는
내가 개떡을 양손에 들고 오물거릴 때면 신기하다는 듯 물으신다.

달지도 짜지도 않아 네 맛도 내 맛도 아닌 씁쓰름한 쑥개떡은 바로 이 쩐덕거리는 식감과 고소한 기름 맛으로 먹는 건데 말이다.

좁은 상점을 구석구석 다니며 바쁘게 움직이는 엄마 뒷모습을 종종걸음으로 쫓아다니며 손으로는 부지런히 쑥개떡을 집어 먹는다. 내 손의 봉지가 텅 빌 무렵이 되면 엄마의 양손에는 옷이 담긴 까만 봉지가 가득 들려 있다. 버스를 타고 집으로 돌아오는 길에는 배가 불룩해서 졸음이 쏟아진다.

그때의 엄마보다도 훌쩍 나이가 든 지금의 나는 여전히 시장을 좋아해서(비록 이곳에는 마트가 흔하지만) 마트 가기 전날부터 온 집안을 다니면서 식구들에게 쩌렁쩌렁한 목소리로 외친다.

"내일 마트 갈 건데 필요한 거 있으면 지금 말해, 사 올 테니까!"

"나는 초코맛 시리얼 먹고 싶어요!"

"멜론 꼭 사주세요!"

예전에는 아이들과 함께 가서 먹고 싶다고 조르는 제품을 하나씩 카트에 넣는 재미가 쏠쏠했는데, 이놈의 세계적인 역병이 터진 후로는 혼자 장을 보게 됐다. 그렇게 2년이 지나니 이제는 아이들이 훌쩍 커서 마트가 재미없어질 나이가 돼버렸다.

자기들이 특별히 먹고 싶은 간식이 있으면 가끔 따라가곤 하지만, 대부분은 "엄마, 오늘은 집에 있을래요"라고 한다.

'니들이 쑥개떡 맛을 몰라서 이러는 거야. 아니, 왜 캐나다에서는 쑥개떡을 안 팔지?'

터무니없는 생각이지만 뭘 어쩌겠는가, 혼자 여유롭게 장을 본다는 데 의의를 두면 된다.

'가만있자, 뭘 사야 하더라…?'

장보기 리스트를 적어둔 앱에 마트별로 사야 할 품목들이 빼곡하게 적혀 있다. 동네 마트, 창고형 마트 그리고 한인마트까지. 업체마다 파는 품목이 다르니 장보기 리스트도 그에 맞게 적어둬야지, 안 그러면 실컷 장을 보고 집에 도착해서야 "맞다, 그걸 샀어야 해!"라고 외치게 된다. 특히 잘 빼먹는 품목이 두부, 우유 등이다. 너무 흔해서 깜빡하기 쉬운데 없으면 또 밥하기 곤란한 상황을 맞이하게 되기 때문에 평소 식재료가 부족하다 싶으면 곧바로 장보기 앱에 적어둔다.

매일 뭘 만들어 먹을지 요일별 식단을 알차게 짜두는 타입은 아니지만 갈비찜, 매운탕 등의 굵직한 메뉴 두세 가지는 미리 정해두고 그에 맞춰 필요한 재료를 하나씩 적어나간다. 그러다 보면

'맞다, 이것도 집에 없지! 아, 그것도 사 와야겠다!'를 반복하며 연관 검색어처럼 식재료 리스트가 줄줄이 사탕으로 이어진다.

장바구니를 대여섯 개 들고 신나게 마트에 도착한다. 자동문이 스르륵 열리면 나는 이 순간만큼은 동네 큰손이 된 기분으로 신나게 물건을 집어 카트에 하나씩 넣는다.

리스트에 적힌 재료를 하나둘 고르다 보면 자연스레 샛길로 빠져서 엉뚱한 재료들도 담게 된다. 마트에서 흥겨운 노래를 틀어두는 데에는 다 이유가 있는 것이다. 사람이 기분이 좋으면 큰소리치며 한턱 쏘듯(물론 다음 날 영수증을 들고 고뇌에 빠지겠지만) 마트는 나에게 참새 방앗간보다도 소중한 존재라 꼭 사야 하는 재료만 사서 집에 오면 한풀 꺾인 갈대처럼 영 재미가 없다.

물론 이런 기세등등함도 동네 마트에서만 허용된다. 창고형 마트는 개별 단위로 볼 때는 가격이 저렴할지 몰라도, 워낙에 한번 살 때 대용량을 사야 하기 때문에 아차 했다가는 가계부에 구멍이 나서 너덜거릴 테니 조심해야 한다.

뼈저린 후회와 반성에서 우러나온 나만의 장보기 규칙 세 가지가 있다. 처음 두 가지는 창고형 마트 전용 규칙으로 '최소 한 달은 지난 뒤에 갈 것', '리스트에 없는 품목은 세 번 고민할 것'이다.

아무리 장 보는 것이 즐겁고 마트가 좋아도 다 먹고살자고 하는 건데 가계부에 매번 적자가 나면 잘 먹고 잘 살기 어려워지기 때문이다.

마지막 규칙은 '사 온 식재료는 최대한 활용하기'다. 음식을 아무리 맛있게 해 먹는다고 해도 자투리 재료가 냉장고에 굴러다니기 마련인데, 조금만 시간이 지나면 재료가 시들해지고 어느새 상해서 먹을 수 없게 되곤 한다. 눈에 띄지 않는 냉장고 한구석에서 곰팡이를 무럭무럭 키워내고 있는 채소를 발견하면 괜히 미안한 마음이 든다. 그리고 그만큼 내가 나태하게 지낸 시간을 적나라하게 보여주는 것이니 기분이 썩 좋지 않다.

그래서 창고형 마트처럼 엄격하지는 않지만 일반 마트에 가는 것도 가능한 한 한 달에 두세 번으로 정해두고, 그 외에는 냉장고 안의 재료를 어떻게든 활용해서 요리하려고 노력한다. 물론 갑자기 먹고 싶은 메뉴가 생기거나 할 때는 언제든 마트로 향한다. 그 정도의 에누리는 있어야지 너무 빡빡하게 굴면 삶이 피곤해진다. 장 보는 것만큼 짜릿하고 신나는 건 없으니까.

명절만큼은
일을 사서 하는 편

'쓰읍, 방이 좀 더럽나?'

방을 한번 둘러보니 이건 해도 해도 정말 너무 한다. 청소를 하려고 몸을 움직이려는 찰나 "아이고, 방이 이게 뭐냐. 좀 치워라!" 어디선가 엄마의 목소리가 나비처럼 날아와 귓가에 벌처럼 꽂힌다. 자타공인 청개구리띠인 나는 입이 댓 발 나온 채 방 청소를 하려던 마음이 싹 가신다. 하라고 하면 더 하기 싫은 게 사람 마음인걸. 어떻게 엄마는 꼭 내가 무언가를 실행하기 5초 전에 그런 말을 했던 걸까?

내가 엄마가 되고 나니 이제야 알겠다. 아이들과 밥을 먹을 때 오물오물 볼이 불룩해진 채 맛있게 먹는 아이들을 흐뭇하게 보며

"고기만 먹지 말고 채소도 좀 먹어"라고 한마디 얹을라치면 아이들은 엄마가 그럴 줄 알았다며 0.1초 만에 외친다.

"지금 입에 시금치나물 있어요!"

"방금 감자채볶음 먹었어요, 엄마!"

미안하다 얘들아. 엄마가 되고 나서 얻은 초능력이 제어가 안 되는구나.

나이가 들고 아이를 낳아도 여전히 청개구리띠인 나는 명절에 이 동네에서 제일 바쁘게 움직인다(물론 누구의 강요도 받지 않은 채로 말이다). 한국의 명절은 이곳에서는 그저 평범하게 흘러가는 하루 중 하나이기에 대부분의 명절 당일 남편은 아침 일찍 회사에 가고 아이들도 바쁘게 학교에 간다. 온 동네가 평온 자체인 그날, 우리집 굴뚝에서는 아침부터 쉴 새 없이 연기가 폴폴 피어오르며 고소하고 맛있는 냄새를 동네방네 풍기면서 잔치를 한다는 소리 없는 자랑을 한다.

한국의 가장 큰 명절인 설날과 추석은 물론이요, 동지에는 새알심을 동동 띄운 팥죽을, 정월 대보름에는 오곡밥과 묵은 나물을, 삼복에는 삼계탕부터 오리탕까지, 그저 흘러가는 1년에 책갈피를 꽂는 마음으로 음식을 만들어 먹으며 평범한 하루를 특별하게 기록한다.

그중 내가 가장 좋아하는 날은 민족의 대명절 추석이다. '추석' 하면 떠오르는 이미지부터 어딘가 모르게 평온하다. 높고 파란 하늘 아래 감나무에는 빨갛게 무르익은 감이 주렁주렁 달려 있는데 한쪽 구석이 움푹 파인 감은 새가 쪼아 먹은 흔적일 터다. 시장에는 각종 선물 세트가 네모반듯한 상자에 담겨 즐비할 것이고, 각종 반찬 가게가 문전성시를 이루며, 방앗간에서는 갓 쪄낸 떡이 먹음직스럽게 김을 내고 있을 테지. 묘사된 풍경이 뜻밖이어서 머리를 갸우뚱하는 독자분도 있을지 모르겠다. 그도 그럴 것이 내 머릿속 명절은 1990년대의 모습 그대로 박제돼 있어서다.

적어도 내게 명절이란 여전히 신나고 설레는 날로 남아 있다. 이렇게 신나는 날에 음식이 빠져서야 되겠는가. 물론 여기에는 '누구도 시키지도 바라지도 않은 자발적인 노동'이 필수 조건으로 전제된다. 명절 음식을 준비하는 데는 어마어마한 노동과 시간이 들어간다. 그러니 이걸 누가 시켜서 억지로 할 바에야 나는 명절이고 뭐고 다 집어치우고 그냥 발 닦고 잠이나 잘 준비가 되어 있다.

내가 준비하는 명절 음식은 대부분 비슷한데 아무래도 설날에 준비하는 음식들이 훨씬 간편하고 가짓수가 적다. 왜냐하면 설날 음식의 주인공은 뭐니 뭐니 해도 떡만둣국이기 때문이다. 떡만둣국만으로도 충분히 맛있고 배가 부른데 그 외에 테이블에 올라오는 요리 가짓수가 많으면 많을수록 떡만둣국에 대한 관심은 줄어들기 마련이다. 그러면 기껏 공들여 만든 손만두가 빛을 발하지 못하는 불상사가 생길 수 있다. 그래서 갈비찜처럼 우리집 남자 셋의 눈을 빛나게 하는 일등 메뉴는 설날에 만들지 않고 꼭 추석에 만든다. 또한 음력 설날 몇 주 뒤에 정월 대보름이 있으니 나물 요리역시 설날에는 건너뛴다.

나는 나물 요리를 참 좋아하는데 특히 묵은 나물을 정말 좋아한다. 도라지, 취나물 같은 익숙한 나물부터 다래순, 고비 등등 종류를 막론하고 먹어도 탈이 안 나는 풀은 무조건 환영이다.

그냥 조리해도 충분히 맛있는 나물을 말렸다가 불려서 삶는과정을 추가하면, 생으로 무쳐서 먹을 때 맛볼 수 없는 묵나물 특유의 구수한 맛을 누릴 수 있다. 나물을 불리고 썻고 삶고 볶는 과정만으로도 머리가 하얗게 셀 지경이니 다른 반찬에 밀려서 구석으로 옮겨지는 모습은 상상도 하기 싫다. 이렇게 귀하게 만든 나물반찬이 최대한 관심과 사랑을 받을 수 있도록 아껴뒀다가 정월 대보름에 마음껏 만들어 먹는다. 그러다 보니 설날에는 자연스레 요리 가짓수가 단출해져서 음식 준비하기가 훨씬 수월하다.

그렇다고 해서 추석상에 나물 요리가 올라가지 않느냐면 그건 또 아니다. 추석 전후로는 꽤 오랫동안 명절 음식을 만들 일이 없으니 추석만큼은 화려하게 차리고 싶어서 나물 요리는 물론이거니와 갈비찜, 묵나물, 모둠전, 잡채, 토란국, 사라다까지 만든다. 디저트로 송편, 음료로 식혜 또는 수정과까지 준비하니 상다리가 부러질 정도다.

내가 못 산다 정말! 난 일을 벌여야만 직성이 풀리는 유전자라도 갖고 태어난 걸까?

준비하는 데 손이 많이 가는 메뉴들인 만큼 이 모든 걸 한 번에 하려고 하면 그 생각만으로도 머리가 지끈거리기 때문에 나는 추석을 장장 사흘에 걸쳐서 준비한다.

추석 이틀 전에는 미리 만들어둬도 맛이 크게 변하지 않는 음식인 식혜와 묵나물을 준비한다. 식혜는 물에 반나절 불린 엿기름물을 짜내고 앙금을 가라앉히기 위해 두어 시간 기다려야 하는 등 온종일 시간을 야금야금 잡아먹는 메뉴다. 대신 손이 많이 가지는 않아서 엿기름을 불리는 동안 전날 밤에 불려둔 묵나물을 삶고, 또 앙금을 가라앉히는 동안 나물을 차례로 볶아서 묵나물을 완성한다. 그리고 나서는 윗물만 따라낸 엿기름물에 찹쌀가루를 넣고 은근한 불에 삭힌 뒤 설탕을 넣어 팔팔 끓이면 식혜는 완성이다. 한 김 식힌 식혜에 삭힌 밥알을 동동 띄워 병에 담아 냉장고에 넣어두고, 불린 녹두를 달짝지근하게 조려 으깨서 녹두소를 만들고, 깨·설탕·꿀을 섞어 깨소를 만들고 나면 그날의 일은 끝이 난다.

추석 전날은 만들자마자 곧바로 먹어야 하는 것 외의 모든 메뉴를 만든다. 토란국과 갈비찜은 전날 미리 만들어두고 다음 날 먹기 전에 한 번 끓이기만 하면 되는 효자 메뉴다. 특히 갈비찜은 고기와 감자에 달짝지근한 갈비 양념이 속속 배어들어 다음 날 오히려 더 맛있어지는 카레와도 같은 메뉴라서 일석이조다. 잡채에 들어가는 재료는 전부 채 썰고, 사라다에 들어갈 재료 역시 미리 깍둑썰기해서 냉장고에 넣어둔다. 잡채는 미리 만들어도 좋지만 재료를 볶자마자 얼른 버무려서 먹는 게 제일 맛있고, 사라다 역시 먹기 전에 마요네즈에 버무려야 가장 맛있어서 항상 전날 밑재료만 준비해둔다.

어릴 때 명절 음식 중 가장 좋아했던 메뉴는 첫째로 갈비찜이요, 둘째는 전이며, 셋째가 사라다였다. 특히 사라다의 메추리알과 햄, 맛살을 무척 좋아했다. 고소한 마요네즈에 버무려진 담백한 메추리알과 짭조름한 햄, 맛살의 조합이 어찌나 환상적인지 젓가락으로 세 가지만 쏙쏙 골라 입에 넣다가 "예끼, 이 녀석! 골고루 먹어야지!" 불호령을 맞기 일쑤였다. 도대체 사라다에 왜 오이와 귤을 넣는 건지 도무지 이해할 수가 없다. 귤은 그냥 먹는 게 제일 맛있고 사라다와 전혀 어울리지 않는데 말이다. 그때의 한을 풀듯 오늘날 우리집 사라다는 메추리알과 햄, 맛살이 주를 이루고 이따금 사과와 건포도가 보이는 매우 훌륭한 자태를 뽐낸다.

추석 당일은 아침부터 분주하다. 쌀가루에 한국에서 공수해온 쑥, 자색고구마, 단호박, 백년초 가루를 섞어 익반죽을 한 뒤 이틀 전에 만들어둔 녹두소와 깨소를 넣고 조물조물 모양을 만든다. 찜기에 솔잎을 깔아서 찌면 향긋하고 좋겠지만 길가에 있는 나뭇잎을 뜯을 수는 없는 노릇이니 아쉽지만 그냥 찐다.

갓 쪄낸 송편에 가볍게 찬물을 뿌린 뒤 참기름에 데굴데굴 굴리고 있을 때면, 떡이라면 자다가도 눈을 번쩍 뜨는 둘째가 어느새 쪼르륵 와서 새끼 제비처럼 입을 벌린다. 한 개 쏙 입에 넣어주면 눈이 갸름해지며 말한다.

"음, 너무 맛있다! 엄마, 한 개 더 주세요."

"안 돼. 금방 밥 먹어야 하니까 나머지는 밥 다 먹고 나서 간식으로 먹자! 대신 갈비찜도 있고, 사라다에 엄마가 햄도 잔뜩 넣었어!"

잡채 재료를 후다닥 볶고 마지막으로 전을 부치기만 하면 추석상이 완성된다. 전은 기름에 부치자마자 먹어야 제일 맛있어서 아무리 바빠도 꼭 전만큼은 상에 내기 직전에 부친다. 온 사방에 밀가루를 흩날리며 전을 부치고 있으면, 지글거리는 소리와 집 안 곳곳 스며드는 전 냄새가 알람이라도 되는 듯 남자 셋이 하나둘 식탁으로 모여 숟가락과 젓가락을 놓으며 밥 먹을 준비를 한다.

준비하는 데는 사흘이 꼬박 걸렸는데도 먹는 건 한순간이다. 눈 깜짝할 사이에 바닥이 보이는 음식들을 보면 기가 막히다가도 또 먹느라 바쁜 입들을 보면 그렇게 행복할 수가 없다. 실컷 먹은 뒤 배가 남산만 하게 불러 바닥에서 뒹굴거리며 노는 아이들과 남편을 보면 '내가 이 모습을 보려고 그렇게 열심히 밥을 했지' 하는 뿌듯함에 뭉쳐 있던 어깨가 풀린다.

이 순간을 위해 매년 나는 추석이 오기 한 달 전부터 다이어리에 '추석'이라고 써놓고 옆에 빨간펜으로 별까지 그리며 명절의 복닥거림을 설레는 마음으로 기다린다. 가스레인지 화구가 저마다 불을 내뿜으며 한쪽에는 국이, 다른 한쪽에서는 전이 지글거리며 익는 동안 바쁘게 동동거리는 내 발자국이 빚어낸, 온 집 안을 가득 채우는 명절의 냄새를 아이들이 기억해주기를 바란다. 그 바람 하나로 나는 올해 명절에도 일을 사서 할 생각이다.

여름을
향한 찬가

___ (feat. 애증의 텃밭)

로키산맥을 지척에 둔 이곳에서 끝나지 않을 것 같은 길고도 혹독한 겨울이 지나면 찰나의 봄이 찾아온다. 5월이 되고 영상 15도 이상으로 따뜻한 날씨가 하루 이틀 연이어져 뾰족한 튤립이 저마다 얼굴을 내밀면, '때가 왔다. 이건 봄이야!' 확신한다. 4월부터 거실에서 신문지를 깔고 손가락 두 마디만 한 모종판에 흙을 담아 하나씩 씨앗을 심어 애지중지 키운 모종을 드디어 텃밭에 옮겨 심을 때가 됐다. 그동안 집 안에서 고양이 '하루'가 호시탐탐 노리는 새싹들을 지켜내느라 얼마나 애를 썼던가. 녀석은 유독 루콜라와 상추 새싹을 좋아해서 아차 했다가는 내가 일용할 양식이 전부 녀석의 점심 메뉴가 되기 때문에 한시도 긴장을 늦출 수 없었다.

유난히 따뜻한 봄 햇살을 맞으며 텃밭에 모종을 하나둘 옮겨 심고 나서도 마음을 놓아서는 절대 안 된다. 하루에게서 모종을 지켜내긴 했어도, 언제고 날씨가 변덕을 부려 새벽녘 로키산맥을 타고 오는 찬 바람이 눈으로 변할 수 있기 때문이다. 5월에 눈이, 그것도 함박눈이 말이다.

혹여라도 갑자기 눈이 온다는 예보를 보면 얼른 모종에 네모난 박스를 뒤집어씌워 무사히 추위를 넘길 수 있지만, 깻잎이나 오이처럼 추위에 맥을 못 추는 모종은 아무리 박스를 씌우고 담요를 덮어줘도 영락없이 살아남지 못한다. 동이 트자마자 콩닥이는 마음으로 담요를 벗기고 박스를 들었을 때 하루아침에 새까맣게 변해버린 모종 앞에서 망연자실했던 경우가 적지 않다.

"내가 이걸 어떻게 키웠는데!"

물론 속으로 삼킨다. 옆집에 나의 목청 데시벨을 알릴 필요는 없고, 언제나 교양 있는 이웃으로 남아 있고 싶다.

지난 몇 년간의 생생한 실패 경험을 교훈 삼아 5월에는 추위에 강한 시금치, 샐러드 그린, 케일 등의 모종을 먼저 옮겨 심는다. 나머지 여름 채소는 텃밭에 옮겨 심고 싶어서 아무리 엉덩이가 들썩여도 진득하게 참으며 몇 주 더 집 안에서 키우다가 6월이 되면 그제야 텃밭에 옮겨 심는다. 내 정신 건강에도 이게 훨씬 이롭다는 사실을 뒤늦게 깨달았다.

오이와 고추, 토마토 같은 여름 채소를 옮겨 심으면 알고 있었다는 듯 곧바로 눈부신 여름이 시작된다. 운동과는 거리가 멀고 집 밖은 위험하다는 신조를 사시사철 성실하게 지키는 내가 유일하게 집 밖에서 많은 시간을 보내는 계절이 여름이다. 습도가 낮아 한여름에도 그늘에 있으면 의외로 선선한 이곳이지만, 해발 1,045미터에 자리한 도시라 바닷가 지역보다 1,000미터가량 해를 가까이 마주하니 여름에는 햇살이 따사롭다 못해 바늘처럼 따갑다. 아차 했다가는 한 시간 만에 벌겋게 타서 물집이 잡히기 일쑤다.

여러 번 등짝에 벌겋게 물집이 잡힌 경험을 교훈 삼아(왜 내가 습득한 교훈은 죄다 육체적·정신적 고통이 바탕이 된 건지 모르겠다) 아침밥을 먹자마자 곧바로 텃밭에 나간다. 선선한 바람을 맞으며 잡초를 뽑고, 바람에 휘청이는 모종은 지지대를 세워주고, 비료를 뿌리고 물을 준다.

뒷마당 한쪽에 자리 잡은 우리집 텃밭은 맨땅을 일군 게 아니라 나무판자를 쌓아 테두리를 만들고 그 안에 일부러 흙을 채워서 마당 잔디보다 네 뼘 정도 높게 만들었다. 그렇게 한 이유는 간단하다. 내가 미미한 벌레 공포증이 있기 때문이다. 여기서 '미미한'

이라는 수식어를 붙인 이유는 벌레를 본다고 숨이 안 쉬어지거나 몸에 두드러기가 날 정도의 응급 상황이 발생하는 게 아닌 순전히 내가 유난을 떠는 것이기 때문에 '포비아(공포증)'라는 명칭을 달기가 어쩐지 멋쩍어서다. 물론 내게는 조금도 미미하지 않은 공포증이지만서도.

언제부터 그렇게 벌레를 싫어했는지 곰곰이 생각해봐도 딱히 어떤 순간이 떠오르진 않는다. 지하실 월세방에 살던 유학생 시절, 방에는 햇살이 한 줌도 들어오지 않아 지하실 전용 출입구 한쪽 구석에 손바닥만 한 해바라기 화분을 놓고 키웠다. 그러다가 주인집 아주머니께서 선뜻 뒷마당 한구석을 내어주시며 여기에 옮겨 심어도 된다고 해서 신나게 흙을 파서 옮겨 심었다. 아주머니의 땅이 어찌나 비옥하던지 삽으로 흙을 팔 때마다 지렁이가 꿈틀거렸는데, 물론 당시에도 징그러워하긴 했어도 해바라기 화분을 척척 옮겨 심고 뿌듯해했지 이 정도로 난리를 피우지는 않았던 기억이 난다. 그리고 보면 나이가 들면서 조금씩 변한 게 아닌가 싶다. 옷 취향도 바뀌고 강산도 바뀌는데 벌레 취향이라고 바뀌지 말란 법 있으랴!

텃밭을 만들고 가꾸기 시작한 뒤 처음 두 해는 땅속 생명체와의 조우를 겪지 않고 순탄하게 여름이 흘러갔다. 3년째 되던 해 아침부터 무덥던 어느 날, 정강이까지 무성하게 자라서 꽃대를 내밀기 시작한 시금치를 보고는 '잘 자랐네! 이건 뽑아서 나물 무쳐 먹고 여기에 새로 씨앗을 심어야지!' 흐뭇해했다. 한 손에 잡기에도 버거울 만큼 두툼하게 자란 잎들을 간신히 모아 밑동을 손에 잡고 '끙차' 뽑아 든 순간 내 입에서 이런 소리가 터져 나왔다.

"으아아아악!!"

그 괴성이 분명 동네 어귀까지 들렸겠지만 지금은 그게 중요한 게 아니다. 나는 간과했던 것이다. 아무리 땅과 텃밭 사이에 흙을 쌓은들 지렁이에겐 꾸물꾸물 온 힘을 다해 내 텃밭까지 도달할 힘이 있었음을. 땅속 깊은 곳에 사는 지렁이는 현재에 안주하지 않고 비옥한 땅을 찾아 끝끝내 올라왔다.

그 이후로는 땅속에 존재하는, 나보다 다리가 많은 존재와 적은 존재를 통틀어 조물주가 만든 생명체를 보기만 해도 온몸에 소름이 돋아 양손에 들고 있던 삽이며 비료 포대를 던져버리고 걸음아 나 살려라 도망을 간다. 도망가 봐야 우리집 뒷마당이지만 텃밭에서 최대한 멀리 떨어진 채 땀을 흘린다. 제 한몸 열심히 해내 토양을 비옥하게 해주는 농부들의 좋은 친구라고 하지만, 나는 지렁이를 안 만날 수만 있다면 텃밭 채소들이 덜 튼실해도 조금도 개

의치 않을 것이다.

　그래봤자 내 손바닥보다도 작은, 그것도 이로운 생명체라고 스스로 최면을 걸어보고 다짐을 하고 온갖 방법을 동원해보지만 헛수고다. 안 되는 건 안 되는 것이다. 자고 일어나 뻗칠 대로 뻗친 앞머리 하나 고데기로 자연스럽게 마는 것조차 내 맘대로 안 되는데, 형체도 없는 마음이 그리 쉽게 바뀔 리가 있겠는가. 그냥 포기하고 도망가는 게 속 편하다.

　그 난리를 치면서도 나는 매년 봄이면 씨앗을 심고 여름에는 텃밭으로 향한다. 혹여나 무언가를 발견할까 봐 쿵덕거리는 가슴을 부여잡고 조심스레 땅을 파다가 한쪽 구석에서 매끈한 무언가가 꾸물텅거리는 순간 세상 누구보다 잽싸게 도망치면서도 나는 매일 아침 텃밭으로 향한다. 때론 새소리를 때론 지나가는 자동차 엔진 소리를 배경음악 삼아 호박꽃이 열리면 암술과 수술을 비벼서 수정을 시켜주며 머릿속으로는 들큼한 호박볶음을 밥에 얹어 먹을 생각을 한다. 지지대를 배배 꼬아가며 자란 덩굴 사이로 새끼손가락만큼 자란 오이를 보며 '언제쯤에야 너는 오이소박이가 될래?' 재촉하는 시간이 좋다.

　텃밭 일이 끝나면 꽃밭으로 이동해서 부지런히 가위를 움직이며 시든 꽃송이를 정리한다. 한참 그러고 있으면 어느새 해가 머리

꼭대기에 앉아 점심시간을 알려준다.

아침부터 땀 흘려 밭일을 했으니 이런 날은 만들기는 간편하되 여름의 정취를 흠뻑 느낄 수 있는 메뉴가 제격이다. 텃밭에서 빨갛게 잘 익은 토마토를 두세 알 따고, 넓은 잎이 흐드러지게 자란 바질 잎도 줄기째 똑 따준다. 차가운 물에 뽀독뽀독 토마토를 씻으니 상쾌하다. 아직 이마에는 땀이 송골송골 맺혀 있는데 토마토를 씻은 것만으로도 샤워를 한 기분이다.

토마토는 적당한 두께로 썰어주고 냉장고에서 생 모차렐라 치즈를 꺼내서 숭덩숭덩 자른다. 워낙 부드럽기 때문에 자로 잰 듯 동그란 모양대로 잘리지는 않지만 오히려 이렇게 완벽하지 않은 모습이 더 마음에 든다(마치 벌레를 싫어하는 농부처럼).

토마토와 모차렐라 치즈를 번갈아 접시에 조르륵 얹었으면 이제는 드레싱을 뿌려줄 차례다. 간편하게 발사믹 글레이즈를 사용하면 따로 드레싱을 만들 필요 없이 위에 뿌려주기만 해도 충분히 맛있다. 그런데 나는 내 조상이 단군신화의 주인공과 특별히 밀접한 관계가 있는 것인지 여기에 마늘을 꼭 넣어야만 하겠어서 굳이 드레싱을 따로 만든다.

오목한 그릇에 발사믹 식초, 올리브오일, 소금, 후추 그리고 제스터에 간 마늘을 조금 넣어서 잘 섞은 뒤 토마토와 치즈 위에 멋들어지게 흩뿌려준다. 이때만큼은 내가 고든 램지요, 제이미 올리버다. 누가 됐든 어떤가. 결국은 이 집에 나 혼자 있고 이 요리는 내가 먹을 것인데.

마지막으로 좀 전에 따 온 바질 잎을 여기저기 얹어주면 클래식 이탈리안 샐러드, 카프레제 샐러드가 완성된다. 이탈리아 국기 색깔이 그대로 담겨 있는 접시를 눈앞에 두고 있자면 미슐랭 가이드에 실린 이탈리안 레스토랑이 전혀 부럽지 않다. 드레싱이 덮인 토마토와 모차렐라 치즈를 함께 찍어서 입에 쏙 넣으면 오전 나절의 고된 시간이 사르르 녹아내린다.

10분 전까지만 해도 줄기에 붙어 양분을 흠뻑 머금고 있던 토마토는 조금 과장해서 사탕처럼 달콤하고 고기처럼 진한 맛이 일품이다.

'그래, 내가 이 맛을 위해서 벌레와 그렇게 싸웠지.'

누가 들으면 내가 토마토를 공격하는 벌레를 용감하게 퇴치한 줄 알겠네(세상 모든 일은 급박한 상황이 지나고 나면 미화되기 마련 아닌가).

과정이 어찌 됐든 간에 텃밭에서 갓 수확한 재료로 오늘 내 마음이 즐거웠으니 그걸로 됐다. 맛있는 점심을 먹을 생각에 나는 그토록 빠르게 도망쳤던 텃밭으로 내일 아침 다시 걸어갈 것이다.

혼자 노는 게
얼마나 재밌게요

결혼 전에도 집순이 기질이 다분해서 혼자 집 안 곳곳을 돌아다
니며 일을 만들고 사부작거리며 온종일 잘 놀았지만, 지인과 약속
이 생겨 밖에 나갈 때면 그 역시 신나게 열정을 쏟아 놀다 오곤 했
다. 그런데 언제부터인가 재미를 떠나 이따금 혼자 노는 게 필요해
졌다. 새벽에 눈 뜨면서부터 밤에 잠이 들 때까지 숨 쉬듯 '엄마'를
부르는 두 녀석 때문일까. 아니면 열에 둘쯤은 '에라 모르겠다' 두
눈 꼭 감고 못 들은 척할 때 아빠에게 달려가는 아이들의 와다다
닥 발소리가 들리고 곧이어 날 향해 답을 구하는 남편의 '여보' 때
문일까. (지금 이 두 문장을 쓰는 와중에도 우리집 남자들에게 불려 잠시 나갔다
왔다.)

그래서 나는 가끔 혼자 놀러 밖으로 나간다. 엄마도, 여보도 아닌 나만 존재하는 시간을 일부러 만들어 영하 20도만 아니라면 장소를 불문하고 소풍을 즐긴다. 날이 더울 때는 그늘을 찾아서, 날이 추울 때는 옷을 여러 겹 껴입고 담요를 챙겨서 소록소록 내리는 눈을 맞으며 벤치에 앉아 소풍(逍風)이라는 단어 그대로 바람을 쐰다.

'내일 날씨가 어떻지? 영상 15도에 해가 쨍쨍이라고? 좋았어!'

날씨까지 도와주는 날의 소풍이라니! 신이 나서 전날부터 마음이 들떠 분주하게 밑준비를 한다. 새벽 6시면 조용히 집을 나서는 남편을 위해 전날 밤에 미리 도시락을 준비해서 냉장고에 넣어둬야 하니 지금부터 서둘러야 한다.

'이런 날씨에는 어떤 도시락을 만들면 좋을까?'

문득 중학생 시절, 1년에 한 번 가을쯤이면 으레 대공원으로 떠나던 사생대회가 떠오른다. 그림을 향한 열정은 가득했으나 그만큼 따라주지 않은 실력 탓에 창대한 시작과 달리 미약하게 마무리된 커다란 도화지를 손에 팔랑팔랑 들고 가 선생님께 내밀고는 이걸로 오늘 할 일은 끝냈다며 주위를 둘러본다. 사생대회를 끝내고 나오면 대공원 근처에는 솜사탕부터 번데기까지 다양한 먹거리가 즐비했다.

"너희는 뭐 먹을래? 난 사라다빵."

1,000원을 내고 건네받은 사라다빵은 동그란 빵 안에 속재료가 가득 들어 있고 랩으로 팽팽하게 쌓여 있어 손에 들고 있자면 햇살에 빵이 반짝였다. 저마다 닭꼬치나 컵떡볶이를 하나씩 손에 들었고, 그 사이에서 나는 사라다빵을 먹었다.

내일은 아마도 그날의 날씨와 비슷할 것이다. 오랜만에 사라다빵을 먹어야겠다.

사라다빵은 으깬 감자로 만든 목 막히고 든든한 스타일이 있고, 양배추를 채 썰어서 만든 입가심 스타일이 있는데 나는 전자를 선호한다. 물론 양배추를 넣어서 만든 사라다빵 역시 아주 맛있다. 아삭하고 새콤달콤한 속재료가 입맛을 돋워주는 역할을 톡톡히 하니 말이다. 그렇지만 이걸 먹고 나면 다음 코스로 튀긴 고로케나 닭강정 같은 본격적인 점심 메뉴가 나와줘야 할 것만 같은데, 이것이 식사의 처음이자 끝이라고 생각하면 못내 아쉬워서 입맛만 다시게 된다.

냄비에 물을 받아 끓이는 동안 감자를 껍질째 씻어서 준비한다. 물이 맹렬하게 끓으면 소금을 조금 넣고 감자를 세 알 넣어 포옥 익도록 느긋하게 끓여준다. 물론 찜기에 넣어서 찌면 질척이지 않아서 좋지만 주먹만 한 감자를 찌려면 시간이 오래 걸리니, 빨리 이걸 만들고 푹신한 침대 속으로 골인하고 싶은 마음이 굴뚝 같은 지금 찜기는 무리다.

한 20분쯤 흘렀을까. 젓가락을 찔러보니 푸욱 들어간다. 잘 익은 감자를 꺼내서 그릇에 담고 껍질을 벗긴다. 한 김 식을 때까지 기다리면 좋으련만, 그때까지 기다리기 귀찮기도 하고(이 점이 제일 우선이다) 감자가 뜨거울 때 으깨야 쉽게 으깨지기 때문에 "앗 뜨거! 앗 뜨거!"를 연발하며 껍질을 벗긴다. 조금이나마 덜 뜨겁도록 최대한 손톱 끝으로 껍질을 잡아당긴다.

김이 모락모락 나는 노란 감자를 보니 갑자기 식욕이 솟아서 이대로 샌드위치 속재료로 써버리기엔 너무 아쉽다는 생각이 든다. 얼른 접시를 꺼내 소금을 조금 담으려다가 멈칫한다.

'아차, 설탕이 더 좋을까? 소금? 아니면 설탕?'

찐 감자를 무엇에 찍어 먹는지 지역에 따라 다르다는데, 나는 두 지역에 각각 한쪽 발을 걸쳐놓은 채 매번 소금과 설탕 사이에서 갈피를 못 잡고 고민하다가 결국은 접시에 사이좋게 둘 다 조금씩 담는다. 첫입은 짭조름한 소금에 찍어 먹는다. 감자의 고소한 맛이 짭짤함과 만나 배가된다. 소금의 도움으로 감자 깊은 곳에 숨어 있던 당분까지 느껴질 만큼 소금은 역시 탁월한 선택이다. 그렇지만 설탕 역시 만만치 않은 강자다. 감자를 설탕에 찍어 먹으면 그동안 먹었던 감자는 마치 아무 맛도 없었다는 듯이 "역시 설탕이 들어가 줘야 감자가 맛있지! 설탕 없는 감자는 대체 무슨 맛으로 먹는지 모르겠어"라고 중얼거리게 된다. 특히 뜨거운 감자 위에 버터를 조금 얹고 설탕을 뿌리면 버터와 설탕이 눈앞에서 사르르 녹아 반짝이다가 이내 감자에 스며든다. 그때 한입 가득 베어 물면 휴게소 알감자 맛이 나는 게 야식으로 이보다 더 좋을 수 없다. 이제 그만 먹어야지, 이러다가 내일 도시락 재료를 지금 다 먹어버리게 생겼다.

감자는 포크로 으깨준다. 아주 곱게 으깨면 고급 제과점에서 파는 느낌이 나니까 여기저기 감자 덩어리가 들쑥날쑥 남아 추억의 맛을 떠올리도록 거칠게 대충 으깬다. 짭조름한 맛이 나게 햄도 잘게 다져 넣고 취향에 따라 오이나 사과도 넣으면 좋은데, 여기서 빠질 수 없는 포인트는 옥수수 통조림이다. 달콤한 옥수수 알갱이가 콕콕 박힌 감자샐러드는 맛과 식감이 끝내주기 때문에 나는 옥수수를 꼭 넣는다. 소금과 후추 그리고 설탕을 아주 약간 넣고(결국 나는 소금도 설탕도 포기를 못 하는 것이다) 마요네즈를 넣어 잘 비벼주면 감자샐러드는 끝이다. 아이들과 내 점심은 내일 아침에 일어나면 마저 만들기로 하고 남편 도시락만 지금 완성하기로 한다.

동그란 모닝빵에 만들면 달콤한 빵 덕분에 가장 맛있는데 오늘은 집에 모닝빵이 없으니 핫도그빵을 써야겠다. 길쭉한 타원형의 핫도그빵 가운데에 길게 칼집을 넣고 사라다를 듬뿍 넣어 속을 채워준다. 숟가락으로 빵 안쪽 구석까지 사라다를 밀어 넣으니 묵직한 사라다빵이 완성된다. 도시락통에 잘 넣어 냉장고에 넣고는 내일 소풍 갈 생각에 들뜬 채 베개에 머리를 얹자마자 곯아떨어진다.

고요한 아침, 하루를 시작하기 위해 일어난다. 아직 어둑한 집 어딘가에서 고양이 하루가 기다렸다는 듯이 나타나 다리에 얼굴을 비비며 아침 인사를 한다. 아직까지 자고 있는 아이들을 하나씩 깨운 뒤 아이들이 세수하고 학교 갈 준비를 하는 동안 아침밥을 만든다. 일어나자마자 식욕이 왕성하진 않을 테니 프렌치토스트를 만들어 가볍게 먹이고 그동안 나는 점심을 만든다. 어젯밤에 미리 감자사라다를 만들어뒀기 때문에 빵 사이에 넣기만 하면 도시락 준비는 금세 끝난다.

아이들을 학교에 데려다주고 집에 와서 아침을 차려 먹고, 집 청소를 해두고, 저녁에 먹을 재료들 손질까지 끝내놓고 그제야 홀가분한 마음으로 냉장고에서 도시락을 꺼내 가방에 넣고 신발을 신는다.

오늘의 일기예보는 정직한 친구였다. 예보대로 날씨가 좋아서 참 다행이다. 하늘은 맑고 바람은 솔솔 햇살은 쨍쨍, 이보다 좋을 수 있을까 콧노래가 절로 나온다.

밖에 나갔다고 해서 뭔가 색다른 걸 하는 것도 아니다. 오며 가며 눈여겨보던 새로 생긴 빵집에 슬그머니 들어가서 '어떤 빵을 살까' 설레며 둘러본다.

'이건 아이들이 좋아하는 햄과 치즈가 들어갔네.'

'이 딸기 케이크는 남편이 좋아하겠지.'

'이건 다 같이 아침으로 먹으면 딱이겠는데?'

온통 가족들이 좋아할 만한 빵을 고른 뒤 계산대에 가기 전에 내 취향의 조각 케이크 하나를 골라 많은 빵 사이에 슬그머니 끼워 넣는다. 디저트를 골랐으니 커피도 당연히 마셔줘야 한다. 소풍 도시락은 집에서 싸 왔으니 커피는 근처 카페에서 한 잔 테이크아웃하기로 한다.

한적한 공원에 주차한 뒤 점심 도시락부터 마실 물, 간식으로 먹을 빵, 커피까지 양손에 바리바리 들고 벤치에 자리를 잡는다.

'이렇게 좋은 날 음악이 빠져서야 되겠나. 아니지, 안 될 일이지.'

인구 대비 땅덩어리가 넓은 곳에 사는 것의 장점은 사람과 부딪힐 일이 적다는 점이다. 물론 대도시로 가면 사람에 치이겠지만, 자연으로 나가면 주위에 아무도 없는 곳이 많아 조용히 음악을 틀고 혼자 놀기에 더없이 좋다. 핸드폰 음악 앱에서 '소풍 전용' 플레이 리스트를 잔잔히 틀어놓으면 안 그래도 좋은 기분이 더욱 좋아진다.

가방에서 도시락통을 꺼내 사라다빵을 양손에 쥐고 한입 가득 베어 문다. 고소한 감자와 마요네즈의 맛 사이로 이따금 느껴지는 짭짤한 햄, 상큼한 오이, 사과와 옥수수의 달콤함이 어우러져 맛의 향연을 이룬다. 가득 씹어 삼키고 막히는 목을 물로 열심히 밀어낸 뒤 연거푸 먹는다. 어디선가 잔디 풀 내음이 바람을 타고 밀려와 신선한 샐러드도 한입 먹은 기분이다. 저 멀리 공원 반대편에서 공원 관리하시는 분이 차를 타고 이리저리 운전하며 잔디를 깎는 모습이 작게 보인다. 흘러나오는 기타 선율에 맞춰 벤치 옆 나무에 앉은 새가 추임새를 적절히 넣어준다.

점심을 다 먹었으니 아까 사 온 조각 케이크를 꺼내서 먹어야겠다. 뾰족한 케이크 한구석을 포크로 찍어 입에 넣으니 부드럽고 달콤한 케이크가 녹으며 상큼 달콤하다. 아주 흡족한 얼굴로 좋은 선택이었다며 자화자찬을 아끼지 않는다. 따뜻한 커피를 한 모금 입에 머금으니 비로소 오늘의 소풍이 완벽한 합을 이룬다. 말을 해야 할 이유도, 누구의 끼어듦도 없이 온전히 나만을 위한 조합으로 가득한 이 순간이 너무나도 만족스럽고 더없이 행복하다.

마지막 케이크를 한입에 털어 넣고 우물우물 삼킨 뒤 미지근해진 커피를 마지막 한 방울까지 아낌없이 마신다. 집을 나올 때 조금은 비워졌고 조금은 구겨졌던 마음이 든든한 행복으로 가득 차고 넘쳐서 반듯하게 펴졌다.

이제 다시 내가 있어야 할 곳으로 돌아가자. 남편에게 아이들에게 아낌없이 퍼주고 그들이 조건 없이 부어주는 사랑으로 나는 한동안 소풍을 나오지 않아도 흘러넘치는 마음으로 지낼 수 있을 것이다.

말을 해야 할 이유도, 누구의 끼어듦도 없이 온전히 나만을 위한 조합
으로 가득한 이 순간이 너무나도 만족스럽고 더없이 행복하다.
따뜻한 커피를 한 모금 입에 머금으니 비로소 오늘의 소풍이 완벽한
합을 이룬다.

캠핑에서는
흙도 맛있거든요

앞서 고백했듯, 나는 미미한 벌레 공포증이 있다. 이 유난스러움은
텃밭 일에만 어려움을 주는 게 아니라 기본적으로 집 안팎에서 마
주칠 수 있는 모든 살아 있는 생명체에 적용되기 때문에 때론 삶
의 질이 형편없이 떨어지기도 한다. 다행히도 모기는 워낙에 작기
도 하거니와 절대 물리지 않겠다는 집념이 뭉쳐져 보이는 족족 양
손으로 짝짝 손뼉을 쳐가며 열심히 잡는다. 여름철 집 안에서 가끔
작은 거미라도 마주칠 때면 손에 잡히는 잡지 중 제일 두툼한 것
을 들고 눈을 질끈 감은 채 이리저리 내리치며 모종의 노력을 한
다. 그 밖에 이름을 붙이기도 싫고 알고 싶지도 않은 생명체의 출
현은 굳이 언급하지 않겠다.

새해를 맞이한 지 며칠 지나지 않은 어느 날, 남편 입에서 나온 "우리 캠핑을 한번 가보는 건 어때?"라는 한 문장이 나를 공포의 소용돌이로 몰아넣었다. 캠핑…! 캠핑이라 함은 자연과 벗 삼아 자연과 하나가 되는 물아일체의 시간을 즐기는 것. 자연과 하나가 된다 함은 자연을 집으로 삼는 크고 작은 생명체의 집합소 안에 나도 들어가야 한다는 것.

"안 돼, 싫어!"

당연히 이런 반응을 예상한 남편은 미리 준비해 온 타당한 이유를 줄줄 읊으며 나를 설득하기 시작했다. 누가 공대생 아니랄까 봐 이런 거에 쓸데없는 에너지를 쏟는다니까.

아니나 다를까, 남편이 주력으로 내민 두 가지 의견이 내 마음을 움직였다. 첫째는 아이들이 어릴 때 함께 캠핑하며 좋은 추억을 심어주고 싶다는 점이고, 둘째는 요새는 캠핑 장비가 훌륭하다는 점이었다. 이 남자, 나를 알아도 너무 잘 안다. 다른 건 몰라도 이 두 가지를 들고 설득하면 내가 당해내지 못하리라는 걸 다 예상하고 얘길꺼낸 거지.

마침 큰아이가 만 여섯 살, 작은아이가 만 다섯 살이었기에 나도 한번 모험을 해보고 싶어졌다. 집순이 엄마 때문에 공원이나 박물관 같은 다소 정적인 야외활동을 위주로 했던 게 못내 마음에 걸렸는데, 이참에 멋지고 쿨한 엄마가 되어보리라 결심했다.

　마음먹기까지가 오래 걸리지, 일단 마음을 먹고 나면 일 처리는 누구보다도 잽싸다. 곧바로 각종 캠핑 정보를 섭렵하며 필요한 장비 목록을 만들어 텐트와 침낭 같은 굵직한 물건부터 장작불에 재료를 구워 먹을 수 있는 꼬챙이까지 일사천리로 구입했다. 그런 다음 캠핑장을 예약한 채 여름이 오기만을 기다렸다.

　첫해의 캠핑은 즐거움 반 고달픔 반이었다. 벌레가 무서워서 캠핑을 질색팔색했었지만 막상 캠핑을 시작하니 깨끗하고 정리정돈이 된 집에서 마주친 작은 거미와 텐트 안에서 심심찮게 발견한 거미의 임팩트는 의외로 달랐다. 내 본성도 아는 게다. 여긴 내 집이 아니라 거미의 집에 내가 잠깐 신세 지러 온 것이라고. 그래서인지 집에서보다는 덜 야단스럽게 "어이쿠, 이게 누구야!" 소리를 내며(조용히 없어지는 않는다) 슬리퍼로 휙휙 쓸어서 쿨하게 밖으로 털어버린다. 물론 이멜다의 구두를 전부 신겨도 다리가 남을 법한 생명체에게는 절대 적용되지 않는 한정적인 쿨함이다.

　캠핑이라곤 대학생 때 두어 번 가본 게 전부인 남편과 생초보인 나였기에 아무리 사전 준비를 열심히 했다고 해도 막상 캠핑을 시작하니 벌레로 인한 야단법석보다는 생각지도 못했던 곳에서 마주친 불편한 점이 상당히 컸다.

자연이 보물인 캐나다는 캠핑장 역시 나라에서 운영하는데(물론 사립 캠핑장도 있고, 이런 곳은 모든 게 갖춰져 있어서 지내기 편하다는 후기가 많다) 말 그대로 자연을 훼손하지 않는 선에서 캠핑장을 운영하기 때문에 대부분 설거지를 하는 곳이 따로 없고, 화장실도 재래식에 샤워시설조차 없는 곳도 허다하다.

야심 차게 캠핑 장비 장만에 통장을 털었던 우리는 첫해에 '뽕'을 뽑겠다며 "적어도 세 번은 가야지" 결심했다. 하지만 두 번째 캠핑을 다녀온 날 집에 오자마자 거실에 주저앉은 채 서로의 몰골을 쳐다보고는 약속이라도 한 듯 아무 말 없이 고개를 끄덕였고, 나는 그 길로 세 번째 캠핑장 예약 취소 버튼을 눌렀다.

고단한 첫 캠핑이었지만 의외로 즐거움이 컸는지 해가 바뀌고 다시 캠핑장을 예약하는 시즌이 오자 나는 지체 없이 새해의 캠핑을 준비하기 시작했다. 대신 여름 캠핑이 기다려지고 즐겁게 다녀올 수 있도록 '전기 사용이 가능할 것', '샤워실이 있을 것', '아이들이 물놀이를 할 수 있는 호수가 있을 것'이라는 조건에 부합하는 곳에서 1년에 딱 한 번 캠핑을 가는 것으로 정했다. 그렇게 어느덧 6년째 우리 가족은 여름이면 캠핑을 다녀온다.

부지런히 텐트를 치고 왁자지껄 흥겹게 놀고 난 뒤 캠핑장 텐트 안에서 맞이하는 첫날 밤에는 모두가 쉽사리 잠들지 못한다. 캠핑이 주는 묘한 설렘이 침낭 속까지 따라 들어온 탓인지 아이들도 몸은 침낭에 파묻고 얼굴만 쏙 내놓은 채 오늘 있었던 일을 조잘조잘 이야기하느라 눈이 반짝인다.

"얼른 자야지, 그래야 내일 신나게 물놀이 갈 수 있단다."

물놀이라면 세상에서 제일 좋아하는 아이들은 이내 두 눈을 질끈 감은 채 꼼지락거리며 좀처럼 오지 않는 잠을 애써 청한다.

한창 달게 자고 있는데 어디선가 모닝콜이 들려온다. 또 그 녀석이다. 매년 같은 캠핑장에 오는 우리는 이제 울음소리만으로도 녀석을 알 수 있다. 아침 6시쯤 해가 서서히 떠올라 사물이 어스름히 보일 무렵 '미-레-시' 음으로 노래를 부르는 새가 있다. 물론 작년의 그 녀석과 올해의 이 녀석이 같을 리는 없겠지만 아마 아들이나 손자뻘 되는 녀석이 아닐까 싶다. 목소리가 어찌나 카랑카랑하고 올곧은지 낮에 들었다면 꾀꼬리 같은 소리라고 칭송을 받았겠지만, 침낭 속에서 뜨끈하게 몸을 지지며 한창 단잠을 자고 있는데 매일 같은 시각에 삐익삐익 울어대니 잠귀가 밝은 내게는 영락없는 모닝콜이다.

잠은 이미 깼지만 남편도 아이들도 아직 자고 있으니 나는 따뜻한 침낭 속에서 한량처럼 좀 더 뭉그적거릴 예정이다.

"여보, 일어났어요?"

텐트의 건넌방에서 큰아이와 자고 있던 남편이 지이이이익 지퍼를 열고 나와 우리 쪽 방을 향해 소곤거린다.

"아니, 난 아직도 자고 있어요."

"얼른 나와요, 커피 끓여줄게."

로키산맥 한 자락에 자리한 캠핑장이라 밤새 기온이 뚝 떨어져 한여름에도 아침에는 온도가 한 자릿수로 내려가는 날도 있을 정도로 일교차가 크다. 이제는 캠핑에 익숙해져서 어떤 물건이 언제 쓰일 테니 어디에 놓으면 좋을지 척하면 척이라 눈을 감은 채 침낭 옆 주머니에 넣어둔 수면양말을 꺼내 신고 점퍼를 입고 밖으로 나온다.

제일 먼저 호호 입김을 불며 장작에 불을 지핀다. 장작을 삼각형으로 어슷하게 쌓고 가운데에 나무껍질과 자잘한 조각들을 모아 넣고 신문지를 여기저기 꾸겨 넣은 뒤 성냥으로 불을 붙인다. 불씨가 꺼질세라 이리저리 자리를 옮겨가며 밑에서 입김을 불어주면 엄지손톱만 한 불씨가 나뭇조각을 먹고 살을 찌워 장작으로 옮겨가 맹렬히 타기 시작한다(꺼진 불도 다시 보자는 말이 괜히 있는 게 아니다). 장작불을 피우고 앞에서 불을 쬐고 있는 동안 남편은 가스 버너에 물을 끓여 커피를 만든다.

소셜 미디어에서 감성이 넘치게 핸드드립으로 커피를 내려 마시는 사진들을 보며 몹시 부러웠기에 우리도 저렇게 내려 마시면 좋겠다고 생각한 적이 있다. 하지만 뒤이어 떠오르는 각종 뒤처리와 설거지 생각에 감성은 고이 접었다.

"역시 캠핑에서는 인스턴트 커피지."

보온컵에 인스턴트 커피 스틱을 털어 넣고 끓는 물을 붓는 이 순간이 내가 캠핑하면서 제일 좋아하는 수십 가지 순간 중 하나다. 발소리 하나 들리지 않는 고요한 캠핑장에서 나를 깨운 녀석과 그 가족이 화음을 넣어 노래하고 장작불이 타닥타닥 타오르며 이따금 송진이 타는 파팟 소리로 가득한 순간에, 끓는 물이 부어지며 커피가 향을 내뿜는 이 순간을 맞이해야 비로소 '올해도 무사히 캠핑을 하고 있구나' 하는 생각에 안도감이 밀려온다.

매년 똑같은 일을 반복하다 보면 때론 지루하다고 느껴질 수 있지만, 다른 각도에서 생각해보면 그동안 크고 작은 돌을 넘어 삶이 흘러와 다시금 올해도 작년과 같은 일을 할 수 있음에 감사가 피어오른다.

집에서와 비슷하게 캠핑을 와서도 아침은 빵이다. 마트에서 사 온 머핀을 먹기도 하고, 모닝빵에 계란 프라이와 베이컨을 먹기도 한다. 물놀이를 하러 자리를 비우거나 밤에 잘 때 외에는 온종일 우리 캠프 사이트에는 장작불이 타오르기 때문에 무슨 요리를 하든 불에 굽게 된다. 장작불에 불판을 얹은 뒤 베이컨을 먼저 굽는다. 지글지글 베이컨이 구워지면서 점점 얇아지고 끝내 바삭해지면 건져낸 뒤 남은 기름에 얼른 계란을 톡 깨서 프라이를 만든다. 베이컨 기름에 달걀이 하나둘 떨어지자마자 흰자가 보글보글 끓어오르며 바삭하게 구워진다. 이런 음식은 1년에 한 번만 맛볼 수 있기 때문에 지금은 건강에 좋고 나쁜 걸 따질 때가 아니다.

지글거리는 냄새가 텐트 속으로 스며들었는지 아이들이 하나둘 일어나서 점퍼를 입고 나와 불 앞에 옹기종기 모여 앉아 작은 두 손을 내밀어 불을 쬔다.

이제 여기에 빵을 곁들여 내면 아침 준비는 끝인데, 캠핑에서는 빵도 그냥 먹지 않고 무조건 불에 굽는다. 활활 타는 장작불을 그냥 두긴 아깝지 않은가. 그냥 먹어도 달짝지근하고 맛있는 모닝빵을 불에 가볍게 구우면 겉은 바삭하게 구워지고 속은 따뜻하게 데워지는데 거기에 잼을 발라 먹으면 아주 기가 막힌다. 별것도 아닌 이 빵이 얼마나 맛있는지 남편은 캠핑이 끝난 늦여름부터 가을,

겨울을 지나 이듬해 봄까지도 장작불 모닝빵 타령을 한다. 물론 집에서 가스 불에 구워도 비슷한 맛은 낼 수 있겠지만, 장작불만이 더해주는 나무 향은 물론이요 캠핑이라는 소스가 더해주는 맛은 도저히 무엇으로도 흉내 낼 수 없다. 아이들도 한 손에는 빵을, 다른 한 손에는 바삭하게 구워진 베이컨을 들고 퉁퉁 부은 얼굴로 배시시 웃는다.

아침을 다 먹었으면 이제 간식을 먹을 차례다. 캠핑에서의 간식은 뭐니 뭐니 해도 스모어(S'more)를 빼놓을 수 없다. 너무 맛있어서 "더 먹어도 돼요?(Can I have some more?)"라고 입을 모아 외쳤다는 데서 유래한 스모어는 달큰 담백한 그래햄 크래커 사이에 초콜릿과 마시멜로를 넣어 만든 샌드위치 모양의 간식이다. 맛은 물론이거니와 만드는 과정 역시 재밌어서 우리는 아침부터 저녁까지 틈만 나면 스모어를 만든다.

언뜻 쉬워 보여도 마시멜로를 잘 굽기란 의외로 만만치 않은 작업(?)이다. 꼬치에 마시멜로를 끼운 뒤 장작불에 구워주는데, 설탕과 젤라틴으로 만들어진 만큼 순식간에 불이 붙어 꼬치 끝에는 까맣게 타버린 무언가만 남기 일쑤다. 그래서 마시멜로를 구울 때는 심혈을 기울이고 공을 들여야 한다. 한쪽으로만 계속 굽다가는 통통하게 부푼 마시멜로가 쭉 늘어나 장작불로 골인할 수 있으니 셀프 전기구이 기계가 되어 빙글빙글 돌려가며 골고루 구워준다. 그래햄 크래커 위에 초콜릿 한 조각을 얹어 불 가장자리에 놓아두면 마시멜로를 굽는 동안 초콜릿이 녹는다. 마침 잘 구워진 마시멜로를 꼬치에서 빼 초콜릿 위에 얹고 나머지 그래햄 크래커를 얹어 살포시 누르면 마시멜로가 부욱 눌리며 녹은 초콜릿과 합체가 된다.

이 순간을 지켜보던 온 가족은 "우와아아아아!" 탄성을 지른다. 동그란 케이크를 부채꼴로 자른 뒤 첫 조각을 꺼낼 때처럼, 또는 잘 구워진 피자 한 조각을 베어 물었을 때 치즈가 주욱 늘어나는 것처럼, 스모어를 완성하는 마시멜로가 눌리는 장면은 모두에게 매번 신남을 선사한다.

옆에서 연신 마시멜로를 태워 먹던 아이들은 저마다 "엄마, 내 것도 구워주세요!", "내 것도요!"라고 조른다.

"짜식들, 그렇지! 엄마가 이 집에서 마시멜로를 제일 잘 굽지?"

나는 기세등등하게 어깨를 들썩이며 갓 만든 스모어를 아이들 접시에 하나씩 놓아주고 새 마시멜로를 꼬치에 꽂아 다시 불 앞에 앉는다. 다른 건 아이들 힘으로 끝까지 해보도록 계속 도전할 수 있게 응원해주는 게 나의 몫이지만, 학교에서 충분히 애썼으니 스모어쯤이야 얼마든지 만들어주고 싶다. 중요하지 않고 힘들이지 않아도 되는 일은 굳이 해보라고 재촉하지 않는다. 언젠가 둥지를 떠나야 할 땐 아이들의 등을 떠밀어야 할 테니 지금 해줄 수 있는 일은 마음껏 대신 해주고 싶다.

해가 뉘엿뉘엿 질 무렵에는 모두가 기다리던 바비큐 시간이다. 캠핑의 꽃은 바비큐가 아니던가! 집에서 미리 만들어 온 양념장에 두 시간 전에 갈비를 재워놨으니 이제 구우면 타이밍이 딱이다.

"여보, 장작 좀 화려하게 부탁해요!"

"오케이!"

갈비 앞에서는 모두 흥겨움이 최고조에 달한다. 음악도 신나는 꿍스꿍스 비트의 '캠핑 노래' 플레이 리스트를 틀고 아이들도 "갈비! 갈비!" 신나게 외친다.

소갈비, 돼지갈비 가릴 것 없이 전부 한 양념장에 재운 갈비를 장작불에 처음 올리는 그 소리, '치이이이익'이 희열을 안겨준다. 타지 않게 부지런히 뒤집으며 노릇하게 구운 갈비를 먹기 좋은 크기로 잘라서 아이들 그릇에 수북하게 얹어준다. 윤기가 흐르는 갈비를 한입에 쏙 넣고 오물오물 씹자마자 아이들은 또 외친다.

"음! 엄마, 너무 맛있어요!"

"엄마가 만든 갈비가 최고예요!"

"그치, 맛있지? 아이고 다행이다."

신나게 밥 한 입, 고기 한 입 바쁘게 먹는 아이들을 흐뭇하게 바라보다가 나도 급히 허기를 느낀다. 아이스박스 안의 얼음조각 사이에서 차가워진 맥주 두 캔을 꺼내 남편과 동시에 탁, 치익 따서 꿀꺽꿀꺽 마신다. 더운 낮 동안 아이들과 물놀이하느라 벌겋게 달아올랐던 몸이 급속도로 시원해진다. 잘 구워진 양념갈비를 입에 넣자마자 "크으으으! 이 맛에 캠핑 온다!" 소리가 절로 나온다. 분명 집 뒷마당에 가스 그릴도, 숯불 바비큐 그릴도 있지만 캠핑장에서 장작불에 구운 양념갈비 맛은 절대 당해낼 수가 없다.

차가운 맥주 한 모금, 뜨거운 양념갈비 한 입, 고슬고슬한 밥 한 입을 무한궤도로 반복하다 보면 어느새 해가 져 캠핑장이 어둑어둑해진다. 아이들이 감기 걸리지 않게 내복으로 갈아입혀 침낭 속으로 들여보내고 지퍼를 닫으면 5분도 안 돼서 고로롱고로롱 코 고는 소리가 난다. 온종일 물놀이하랴 불장난하랴 많이 고단했겠지.

해가 지기 시작하면 금세 눈앞이 보이지 않을 만큼 칠흑 같은 어둠이 찾아온다. 랜턴에 불을 켜서 이곳저곳에 걸어두고 남편과 함께 와인을 주고받으면서 영화나 예능을 보며 못다 한 이야기를 두런두런 나눈다.

"내일 비 온다는데 당신 괜찮겠어?"

"비 오면 좋지. 안 그래도 부대찌개 재료 준비했는데 아주 딱 이겠네!"

우리집에서 캠핑을 제일 질색팔색했던 내가 이제는 캠핑을 가장 기다리고 즐기는 사람이 됐다. 남편의 제안을 생각조차 해보지 않고 단칼에 거절했다면 결코 얻을 수 없었을 추억이 벌써 6년 치나 쌓였다.

'내가 잘할 수 있을까?'

'이건 나랑 안 맞을 게 뻔한데….'

세상에는 해보지 않고는 장담할 수 없는 일이 천지다. 포기라는 건 없다. 안 되면 한 번 더 해보고, 두 번 더 해본다. 세 번까지 해봤는데도 안 됐다면 '이건 나랑은 안 맞나 보다' 쿨하게 단념하면 그만이다. 그 외에도 아직 해보지 않은 일들이 가득하니 서운할 것도 아쉬울 것도 없다.

안 되면 한 번 더 해보고, 두 번 더 해본다.
세 번까지 해봤는데도 안 됐다면
'이건 나랑은 안 맞나 보다' 쿨하게 단념하면 그만이다.
그 외에도 아직 해보지 않은 일들이 가득하니
서운할 것도 아쉬울 것도 없다.

화려해 보여도
알고 보면 별것 아닌

어렸을 때부터 만화를 무척 좋아했던 나는 학교 다녀오자마자 그
날 배달된 신문을 펴고 TV 편성표를 들여다보며 오늘은 어떤 만화
가 언제 방영되는지 꼼꼼히 확인하는 게 일과였다. 자연스레 〈배추
도사 무도사〉, 〈은비까비의 옛날 옛적에〉 같은 전래동화 만화부터
〈달려라 하니〉, 〈피구왕 통키〉 같은 국민 만화까지 어지간한 만화
를 섭렵했고 전혀 내 취향이 아닐 법한 〈2020 우주의 원더키디〉도
이상하리만치 재밌게 봤다. 갑옷 같은 옷에 휘황찬란한 외계 행성
을 우주선을 타고 날아다니며 외계인과 맞서 싸우는 만화인데, 애
석하게도 스토리는 전혀 기억이 나지 않지만 삐삐 머리를 한 국민
학생(그렇다. 나는 국민학교 세대다)에게 2000년대는 아득히 먼 미래 같

았다. 게다가 2020년에는 내가 한참 '어른'이 돼 있을 테니 정말 외계 행성에도 가볼 수 있는 시대가 되지 않을까 생각했다.

정작 2020년의 나는 기대했던 것과 달리 그렇게 대단할 것도 없는 평범한 어른이 됐고, 머나먼 외계 행성은커녕 지구에 역병이 퍼져 비행기도 타지 못하는 시대가 되고 말았다. 물론 코로나가 아니라고 해도 세계 방방곡곡을 원하는 대로 누비고 다닐 여유는 안 되지만, 사람 마음이란 게 당장은 아니어도 언젠가 계획하면 갈 수 있는 것과 애당초 어디 갈 생각조차 할 수 없는 것의 차이는 어마어마하지 않은가.

그렇다고 해서 그냥 눌러앉아 불평불만으로 아까운 삶을 허비할 수는 없으니 나는 내가 할 수 있는 방법으로 상상을 현실로 불러오곤 한다. 가장 쉽고 빠른 방법은 역시 음식이다. 비록 현지에서 맛보는 것과는 시각적으로도, 미각적으로도 현저하게 다르겠지만, 역량껏 입맛에 맞게 요리해서 식탁에 놓고 음악도 그에 맞게 틀어놓고 여행을 맛본다. 예컨대 '키쉬(Quiche)'를 먹을 때 샹송을 틀어놓으면 우리 가족이 둘러앉은 식탁은 '아이캔•'의 우주선보다도 빠르게 허공을 가르고 지구 반대편으로 날아가 파리의 에펠탑

• 〈2020 우주의 원더키디〉의 주인공 남자아이.

근처 카페 한 귀퉁이에 착륙해 음식과 와인의 맛이 현지의 그것과 비스무리하게 느껴진다.

그래서일까. 오후 4시만 되면 금세 어둑해지는 겨울에는 뜨끈하고 눅진한 비프 부르기뇽이 생각나고, 해가 늘어질 대로 늘어져 오후 9시가 지나면 그제야 뉘엿뉘엿 지는 여름에는 타코나 부리또가 생각난다. 날씨에 따라, 그날의 기분에 따라 마음 가는 대로 요리를 해서 먹는 즐거움은 여행이 가져다주는 기쁨 못지않게 크다.

일기예보를 보니 오늘 낮 최고 기온 32도. 이건 진짜 더워도 너무 덥다. 가뜩이나 건조하기로 둘째가라면 서러운 도시인데 온도까지 이렇게 높다니, 오늘은 집 밖에 나가는 즉시 피부의 모든 수분이 증발해 바삭한 김부각이 될 것만 같다. 이런 날에는 바닷가에 놀러 가야 제맛인데 애석하게도 이 도시는 가장 가까운 바다에 가려면 로키산맥을 넘고 또 넘어 비행기로 약 한 시간 반, 자동차로는 무려 열한 시간이 넘게 걸린다. 반올림해서 20년째 이 나라에 살고 있는데도 적응이 되지 않는 면적이다. 뭔 땅덩이가 이렇게 큰지 모르겠다.

내리쬐는 햇빛을 반사해 덩달아 빛이 출렁이는 새파란 바다에 가고 싶다. 바닷바람에 흩날리는 머리를 질끈 묶고 푸른 바다를 보는 것만으로도 가슴이 탁 트일 것 같다.

차를 타고 달리다가 도착한 산토리니 이아 마을엔 가파른 언덕이 바다를 바라보며 자리하고, 언덕에는 층층이 건물들이 빼곡하겠지. 푸른 바다가 돋보이는 하얀 외벽으로 옷을 입고 마을 교회는 바다를 닮은 파란 지붕을 쓰고 있을 거야.

버킷리스트에서 오랫동안 상위를 지켜온 터줏대감이라 틈만 나면 구글 어스로 동네를 이리저리 누비고 다녔기에 마치 한 달 살기는 하고 온 것처럼 눈을 감아도 생생하다.

"그래, 오늘은 산토리니로 가자."

'그리스 음식' 하면 가장 먼저 떠오르는 건 아마도 '수블라키', '차지키' 등의 생경한 이름일 것이다. 그런데 가만 살펴보면 의외로 서양 요리에 자주 쓰이는 재료들이 주를 이루고, 조리법 또한 굽기만 하면 돼서 만들기도 간편하다.

먼저 메인 요리인 수블라키를 준비해야겠다. 수블라키는 고기를 깍둑썰기해 양념에 재운 뒤 꼬치에 꿰어 구운 요리로, 쉽게 말해 그리스식 꼬치 요리라고 할 수 있다(벌써부터 친근하지 않은가). 닭고기, 소고기, 돼지고기 등 원하는 고기로 만들 수 있는데 닭은 닭가슴살, 소고기는 질기지 않은 등심 정도의 부위를 준비하면 좋다.

나는 다양한 고기로 만드는 게 좋아서 종종 양고기도 함께 준비하
는데 그렇게 하면 소고기, 닭고기, 양고기 꼬치가 산더미처럼 쌓여
영화 〈나의 그리스식 웨딩〉의 한 장면처럼 우리집에서 모든 그리
스 이웃과 함께 파티를 여는 기분이다. 한입 크기로 썰어서 준비한
고기는 올리브오일, 다진 마늘, 오레가노(말린 오레가노도 좋다), 약간
의 레몬즙에 소금과 후추 간을 해서 잘 버무린 뒤 꼬치에 대여섯
개씩 꽂아 양념이 배도록 30분 정도 냉장고에서 잘 재워둔다.

수블라키는 차지키소스를 곁들여 내서 찍어 먹는다. 새콤하고
부드러운 소스의 맛이 고기의 진한 맛을 상큼하게 융화해주고 크
리미한 맛은 남아 있어 계속 먹고 싶게 한다. 차지키소스는 꾸덕꾸
덕한 그릭요거트에 잘게 다진 오이를 듬뿍 넣고 다진 마늘, 올리브
오일, 레드와인 비니거(레몬즙도 좋다), 소금과 후추로 간을 한 뒤 잘
섞어주면 되는데 취향에 따라서 잘게 다진 딜을 넣으면 향긋한 맛
이 더해진다.

고기가 양념에 재워지는 동안 곁들이는 감자 요리를 만들자.
껍질을 벗긴 감자는 웨지 모양으로 길쭉하게 썰어준 다음 올리브
오일, 치킨 스톡, 레몬주스, 다진 마늘, 소금과 후추를 넣고 잘 섞어
준 뒤 오븐에서 그대로 구우면 완성이다. 치킨 스톡이 감자에 폭
배어서 속은 감칠맛이 가득하고, 겉은 올리브오일로 노릇 바삭하

게 구워진 감자를 맛볼 수 있다.

이 모든 요리를 한데 어우러지게 해주는 그릭 샐러드를 빼놓을 수 없다. 들어가는 재료가 다양해서 알록달록 눈이 즐겁고, 아삭한 식감에 산미와 풍미가 가득해서 굳이 그리스 요리 잔치가 아니더라도 손님상에 내기에 손색이 없는 메뉴다. 파프리카, 토마토, 오이가 주된 채소인데 빨간 토마토와 초록 오이가 있으니 여기에 노란 파프리카를 넣으면 색이 얼마나 예쁜지. 흐르는 물에 씻어서 사각사각 깍둑썰기를 하면 자연이 주는 고운 색감에 절로 미소가 번진다. 여기에 자색 양파를 얇게 썰어 넣으면 보라색이 추가돼서 색을 층층이 쌓는 재미가 있다. 페타치즈와 칼라마타 올리브는 그릭 샐러드에서 빠질 수 없는 중요한 재료이긴 하지만, 서양 요리를 자주 만들지 않는다면 그릭 샐러드 외에 쓸 일이 거의 없을 테니 마트에서 파는 것 중에 가장 작은 사이즈를 구입하길 추천한다. 그렇지만 한번 만들어보면 그 맛에 매료되어 다음에 구입할 때는 더 큰 치즈와 올리브를 구입하게 될지도 모른다.

이제 모든 재료를 그릇에 담은 뒤 잘게 다진 오레가노와 마늘, 올리브오일, 레몬즙, 레드와인 비니거를 넣고 소금과 후추로 간을 해서 잘 버무리면 완성이다.

이쯤 되면 아마 독자 여러분도 눈치를 챘을 것이다. 그리스 요리에서 오레가노, 마늘, 올리브오일, 레몬즙, 레드와인 비니거는 한식에서 자주 등장하는 '갖은양념'의 일종인 된장, 고추장, 간장, 마늘, 참기름과 비슷한 역할을 한다. 처음에는 생소해 보여도 한 가지 요리를 만들고 나면 의외로 같은 재료가 다음 요리 또 그다음 요리에도 반복해서 사용돼 갈수록 익숙해진다.

이제 아까 양념에 재워둔 고기를 구워서 빨리 밥을 먹어야 한다. 날이 적당히 더우면 가스 그릴에서 구웠을 테지만, 지금 같은 상황에선 고민이 된다. 자타공인 대식가 4인 가족이 먹을 꼬치를 실내 그릴 팬에서 구울 생각을 하니 고기를 굽다가 내 속이 먼저 타버릴 것 같아 태양에 맞서 가스 그릴에서 굽기로 한다.

그릴을 예열하려고 문을 열고 패티오로 나오니 "어우 뜨거워!" 소리가 절로 나온다. 스테인리스 뚜껑 한가운데 붙어 있는 온도계를 보니 그릴 속 온도가 이미 60도 가까이 올라가 있다. 야무지게 햇빛을 받아 셀프 예열이라도 하고 있었나 보다. 그릴이 어느 정도 예열이 됐으면 꼬치를 하나씩 올려놓아 앞뒤로 노릇하게 구워준다.

타오르는 불꽃 위에서 까만 그릴 자국을 만들며 먹음직스럽게 구워지고 있는 꼬치를 보고 있자니 빨리 밥을 달라고 배가 요동을 친다.

"아휴 더워라. 세상에, 더워 혼났네! 머리를 금발로 염색하든지 해야지, 원."

두 손에 수블라키가 수북하게 담긴 접시를 들고 슬리퍼를 벗어 던지며 외친다. 정수리가 후끈후끈하다. 산토리니라면 이렇게까지 더웠을까? 더워도 뭐 어떤가, 근처 바닷가에 발을 담그면 그만이었을 텐데.

배경음악으로 '그리스 저녁 식사' 플레이 리스트를 틀어놓고 에어컨 바람을 한껏 쐬며 식탁에 음식을 하나씩 올려놓고 나니 어디선가 바다 내음이 풍기는 듯하다.

모두가 둘러앉아 한 손에는 꼬치를 다른 한 손에는 포크를 들고 와작와작 맛있게 먹는다. 차지키소스를 듬뿍 찍은 수블라키를 입에 넣으니 분명 같은 양념으로 만들었음에도 고기마다 맛이 달라 먹는 재미가 쏠쏠하다. 중간중간 와인으로 입을 씻어주며 그릭 샐러드, 구운 감자까지 한 번씩 돌아가면서 먹다 보면 어느덧 플레이 리스트는 절반이 지나 있고 배는 파란 지붕처럼 둥그레진다.

"그래, 집이 최고야. 이렇게 더운데 가긴 어딜 가."

입에 더위사냥을 한입 베어 물고 배를 두드린다.

갓 밥을 먹은 집순이가 할 만한 말이지만 기회만 된다면 제일 먼저 티켓을 끊고 '산토리니 현지인 맛집'을 검색해서 정해진 식사 횟수 동안 최대한 맛있게 먹기 위해 치밀하게 맛집을 추려내겠지.

일단 그때까지는 우리집이 산토리니이자 나폴리가 될 참이다. 식탁에 음식이 올려지고 음악이 흐르면 우리집은 세계 어디든 존재할 수 있다.

제철 음식은
내 영혼의 비타민

'제철 음식은 보약'이라는 말이 있다. 얼마나 맛있으면 시름시름 앓던 사람도 몸을 일으켜 한술 뜨게 하며, 얼마나 영양가가 가득하면 보약이라는 별명까지 얻었을까. 타고난 먹보인 내게도 '제철 음식'이라는 말은 듣기만 해도 주방으로 달려가고 싶게 한다. 재료마다 영양분이 가장 응축돼 있는 시기에 수확한 것이니, 그 맛이 머릿속에 맴돌아 생각만으로도 군침이 절로 난다. 제철 음식으로 요리를 하면 있던 병도 사라지고 쌓인 근심도 날아갈 듯하다.

　캐나다는 몇몇 축복받은 도시를 제외하고는 겨울이 길고 혹독한 대신, 미국과 인접하고 멕시코와도 비교적 가까운 나라다. 이런 지리적 요건상 사시사철 두 나라에서 수확한 식재료를 쉽게 만날 수 있기 때문에 실상 제철 음식의 의미가 모호하긴 하다.

내가 여름을 유독 좋아하는 이유 중 제철 음식도 한자리 크게 차지한다. 여름에는 우리집 텃밭에서 자라는 채소부터 마트에 가면 동네 농장에서 갓 수확한 옥수수, 블루베리 등 꽤 다양한 제철 음식을 만날 수 있기 때문이다. 달콤한 여름을 즐기느라 온몸이 까무잡잡해질 즈음엔 아주 잠깐 가을의 정취가 스치듯 지나가고 곧이어 기약 없는 겨울이 시작된다.

이곳은 보통 10월에 첫눈이 오는데, 2019년에는 9월에 무려 30센티미터 이상의 눈보라가 몰아쳤고 이듬해 4월에는 20센티미터 이상 눈이 내려서 '신의 노여움을 받은 도시'라는 밈이 캐나다 전역에 퍼지는 웃지 못할 일도 있었다. 이 도시에 살지 않는 사람들은 모두 웃었겠지만 나는 전혀 웃을 수가 없었고 웃기지도 않았다.

한겨울에는 평균 영하 15도, 추울 때는 영하 40도까지 내려가는 추위 속에서도 눈 치우기는 계속된다. 눈이 그친 시점부터 24시간 내로 집 앞과 도로의 눈을 치우지 않으면 벌금이 부과되기도 하고, 눈이 한번 작정하고 내리면 10센티미터는 금방 쌓이기 때문에 하루에 세 번 눈을 쓸어야 할 때도 있다. 오죽하면 이곳의 삶이 눈 치우다 끝난다는 우스갯소리까지 있겠는가.

4월쯤에 날이 좀 풀려서 이제 봄이 오나 싶으면 예고도 없이

5월에도 눈 폭풍이 몰아치고, 봄의 따스함을 느끼며 느긋하게 여름으로 들어서는 게 아니라 6월이 되면 갑자기 더위가 시작된다. 그래서 지구 반대편 한국에서 철쭉과 튤립, 벚꽃으로 화려한 봄의 향연이 한창일 때 나는 오리털 점퍼를 뒤집어쓴 채 눈보라와 싸우며 밑 빠진 독에 물 붓기처럼 하염없이 눈을 치운다. 코를 홀쩍이며 눈을 치우고 나면 온 얼굴에 눈꽃이 가득 피어 있다. 속눈썹까지 눈이 맺힌 채 집에 들어오면 이내 녹아 물이 되어 방울방울 흐른다.

이렇게 눈을 치우다가 영혼도 함께 치워지는 날에는 영혼의 비타민이 나설 차례. 눈 내리는 추운 날에는 뜨끈한 국물 요리가 제격인데 특히 탄수화물 덕후인 내겐 수제비가 특효약이다.

수제비는 칼국수와 같이 어떤 재료를 넣느냐에 따라서 수십 가지 메뉴가 되는데, 나는 생 들깻가루를 아낌없이 넣어 고소함이 일품인 들깨수제비를 제일 좋아한다.

밀가루 반죽을 하기에 앞서 감자 두 알을 꺼내 껍질을 벗긴다. 아무리 플라스틱 강판이긴 해도 날이 뾰족하고 날카로우니 손이 미끄러지지 않게 고무장갑을 끼고 감자를 강판에 갈아준다. 박박박 박 감자를 갈고 있노라면 젖어 있던 눈썹이 이내 말라 보송해진다.

갈아진 감자를 볼에 붓고 밀가루를 한 국자 가득 퍼서 담는다. 소금도 잊지 않고 조금 넣어준다. 감자에 수분이 많기 때문에 일단 물을 넣지 말고 이대로 먼저 섞어본 뒤 필요에 따라 조금씩 물을 넣어주는 것이 좋다(한번은 처음부터 무심결에 물을 부었더니 반죽이 너무 질어서 밀가루를 한도 끝도 없이 넣다가 결국은 온 가족이 두 번은 족히 먹고도 남을 만큼의 수제비 반죽을 만든 적이 있다). 손가락 끝을 볼에 넣고 휘휘 저어 섞으면 고운 밀가루와 거친 감자가 섞여 조금씩 덩어리가 뭉쳐지고 커진다.

'오늘은 밀가루를 조금 많이 넣었나 본데?' 싶으면 물을 한 스푼 정도 쪼르르 따라준다. 빙글빙글 섞고 손바닥으로 치대고 또 주물럭주물럭 섞은 뒤 손바닥으로 치대기를 몇 번 반복하고 나면 둥그런 모양의 반죽이 된다. 굳이 열심히 치대지 않아도 이 정도면 충분하다. 반죽은 랩을 씌운 다음 30분 정도 쉬고 있으라고 냉장고로 들여보낸다. 그동안 나는 청소기를 돌리고 빨래를 개야겠다. 기껏 해도 티는 안 나고, 안 하면 다섯 배로 티가 나는 게 집안일이지만, 흘러가는 자투리 시간에 하나씩 해두면 뒤돌아봤을 때 어느새 집 안은 적당히 정돈돼 있고 엉켜 있던 마음속 실타래도 조금 느슨해져 있다.

냄비에 물을 받고 다시마와 디포리, 보리새우를 넣어 육수를 낸다. 감자를 한 알 더 가져다가 껍질을 벗기고, 양파와 호박도 꺼내서 나박나박 썰어준다. 통통통통, 서걱서걱서걱 재료를 썰며 칼이 나무도마에 부딪히는 소리가 즐겁다. 썰어둔 감자와 양파를 육수에 넣고 냉장고에서 자고 있던 수제비 반죽을 꺼낸다. 랩을 벗기니 손바닥에 찰싹 달라붙는 반죽의 감촉이 무척 좋다. 반죽을 두 손으로 잡고 당겨보니 쫀쫀하게 쭈우욱 늘어난다.

"반죽이 잘됐네!"

흐뭇한 얼굴을 하고 반죽을 늘려서 한입 크기로 뚝뚝 떼어 육수에 넣는다. 반죽이 너무 불지 않게 속도를 올려 육수 안으로 퐁당퐁당 떼어 넣은 뒤 남은 호박을 넣고, 제스터로 마늘도 한 톨 얼른 갈아 넣는다.

냉동고를 열고 비장의 들깻가루를 꺼낸다. 이 들깻가루로 말할 것 같으면 100퍼센트 한국산 거피 생 들깻가루로 내가 굉장히 아끼는 식재료 중 하나다. 디포리, 보리새우 같은 중요한 육수 재료부터 조미김, 말린 나물 등 해외 배송이 가능한 식재료는 할 수 있는 한 한국에서 구입하는 편이다. 물론 이곳 한인마트에서도 다양한 제품을 팔고 있긴 하지만 선택의 폭이 좁고 워낙 한국산 식재료의 품질이 좋기 때문에, 인터넷 쇼핑에 학위가 있다면 석사 학위쯤은 거뜬히 받았을 것 같은 나는 해외 배송 대행 우체국 서비스를 통해(포털 사이트에서 검색하면 의외로 많은 우체국에서 이런 서비스를 제공한다) 한국에서 식재료를 공수해 오곤 한다. 알고 보면 꽤 바쁜 집순이인 것이다.

볶은 들깻가루를 넣어도 물론 맛있지만, 수제비만의 잔잔한 구수함 위로 볶은 들깻가루의 파워풀한 고소함이 굴러드는 기분이라 나는 수더분한 맛의 생 들깻가루를 선호한다. 한국에서부터 바다 건너 날아온 소중한 들깻가루를 넉넉히 넣고 약간의 국간장과 액젓으로 간을 해주면 들깨 감자수제비가 완성된다.

먹기 전에 경건하고도 조심스러운 손놀림으로 후추를 톡톡 첨가한다. 요리할 때 넣는 후추와 먹기 직전에 넣는 후추는 맛이 굉장히 다르거니와 특히 국물 요리에 마지막으로 뿌리는 후추는 비빔밥의 참기름처럼 이 음식이 맛있냐, 먹을 만하냐로 나뉘게 할 만큼 중요한 역할을 한다.

꾸불꾸불 제멋대로의 모양을 하고 있는 수제비를 국물과 함께 숟가락으로 한술 뜬다. 후후 불어 한입에 후루룹 넣으면 찰진 감자수제비 반죽이 씹으면 씹을수록 쫀득하고 고소한 게 일품이다. 노랗게 익은 감자는 한입 베어 물면 걸쭉한 들깨 국물이 스며들며 포슬포슬하게 바스러진다.

아이들은 학교 가고 없고, 남편은 출근해서 없고, 고양이 하루는 낮잠을 자고 있는 고요한 집을 '후화후화, 후루룹 후루룹' 소리만이 채운다. 땀을 흘려가며 먹다가 잠깐 고개를 들어 밖을 내다보니 끝도 없이 내리는 눈조차 슬로모션을 보는 듯 풍경이 아름답다.

'행복은 탄수화물에서 오고 여유로움은 통장 잔고에서 온다'더니 누가 한 말인지 몰라도 명언이다. 수제비 한 그릇에 지긋지긋한 눈이 낭만적이고 아름답게 보이니 역시 탄수화물은 제철 음식은 아닐지 몰라도 영혼의 비타민임에 틀림없다.

크리스마스는
못 참지!

"이놈의 겨울, 길어도 너무 길다. 여기서 더는 못 살겠어. 다른 주로 이사 좀 가자!"

우리집 가훈이라도 되는 듯 겨우내 최소 세 번은 외치지만, 그런 나를 우쭈쭈 달래주는 크고 작은 이벤트가 있어서 거기에 홀랑 정신을 빼앗겨 해를 넘기고 넘겨 지금까지 살고 있다. 우쭈쭈의 최고봉은 역시 크리스마스다.

나는 어릴 적부터 크리스마스에 대한 로망이, 정확히는 '외국의 크리스마스'에 대한 로망이 굉장했는데 TV에서 우연히 보게 된 영화 〈크리스마스 대소동〉이 하나의 계기였다. 크리스마스를 맞이해서 주인공이 온 가족을 차에 태우고 크리스마스 나무를 베러 출발하는 장면부터 시작하는데, 이 설정부터가 벌써 외국스럽기 그지없다. 허벅지까지 푹푹 빠지는 허허벌판의 눈밭에 좁고 뾰족한 키다리 나무들이 눈을 소복이 맞고 있는 풍경이 얼마나 근사하던지. 그것도 크리스마스트리에 쓸 나무를 직접 톱으로 베다니!

어린 마음에 이게 얼마나 환상적이었는지 모른다. 주인공이 고른 완벽한 나무는 집 천장보다도 훨씬 높고 커서 나무를 묶은 끈을 풀자마자 온 사방으로 나뭇가지가 뻗쳐 유리창이 와장창 깨지고, 집의 외관을 화려한 전구로 빙빙 둘러 장식해서 전기세가 미친 듯이 솟구쳐도 그런 장면들은 어린 내게 그저 웃어넘길 에피소드였을 뿐이다. 영화 중간에 모두가 둘러앉아 크리스마스 만찬을 먹는 장면은 이제 막 피어오른 불씨에 기름을 끼얹어 활활 태우기에 충분했다. 물론 지금의 나라면 칠면조가 너무 오래 구워져 먹을 수 없는 장면에서는 안타까움에 탄식했겠지만서도.

처음 캐나다로 온 게 12월 말이었는데, 영화에서만 봤던 길고 뾰족한 소나무가 눈에 뒤덮인 채 동네마다 지척에 널려 있는 모습에 반해 영하 20도든, 40도든 추위는 전혀 체감이 되지 않았다. 그때는 처음 왔으니 콩깍지가 씌었을 수 있었겠지만 신기하게도 그 콩깍지는 여전히 눈에 달라붙어 있어 나는 아직도 길을 걷다가 눈 쌓인 소나무만 보면 "예쁘다! 예쁘다!" 외치며 눈이 하트 모양으로 변한다.

그래서인지 나는 여름보다는 겨울의 로키산맥을 더 좋아한다. 키 큰 소나무가 빽빽하게 들어찬 로키산맥을 둘러싸고 있는 진한 에메랄드 빛의 모레인호수를 보려면 여름에 가야 하지만, 그걸 포기하고서라도 나는 눈 덮인 산을 보러 겨울에 간다. 연애 시절 남편과 손잡고 데이트하러 훌훌 떠났던 밴프는 이제 아이들과 함께 매년 12월 중순이면 꼭 한 번씩 들러 동화 속 크리스마스 분위기를 함께 즐기는 곳이 됐다.

10월 31일 오후 해가 지고 어둑어둑해지면, 핼러윈을 맞아서 아이들과 함께 양손에 커다란 장바구니를 들고 나간다. 아이들이 불 켜진 집집마다 문을 두드리고 "트릭 오어 트릿(trick or treat)"을 외치고 얻어 온 캔디며 초콜릿은 동네를 두세 바퀴 돌고 나면 1년은 족히 먹을 만큼의 양으로 불어나 장바구니에 가득 찬다. 한껏 상기된 얼굴로 신나게 집에 돌아와 각자 받은 간식을 정리한 뒤 잠을 잔다.

다음 날 아침 해가 뜨면 우리집 스피커에서는 약속처럼 크리스마스캐럴이 흘러나온다. 1년에 두 달만 주어지는 기회이니 최대한 다양한 장르의 캐럴을 듣겠다는 포부로 아침에는 은은하게 클래식 연주의 캐럴이, 아이들이 학교에 간 사이에는 웅장한 크리스마스 칸타타가, 하교 후 시끌시끌 활기찰 땐 에너지 넘치는 크리스마스 히트 팝송이, 저녁에는 와인이 더없이 잘 어울리는 크리스마스 재즈가 흐른다.

한때는 크리스마스트리도 11월 1일에 장식하곤 했는데, 몇 년 전 하루가 트리에 붙어 있는 크리스마스 전구 전선을 씹다가 망가뜨리는 일이 생겼다. 그때 이후로는 12월 초에 동네 마트에서 갓 베어서 파는 소나무를 사 와서 장식한다. 찬 바람을 맞으며 동네 가게에서 구입한 끈에 묶여 있는 내 키만 한 소나무를 차에 실어 집으로 옮겨놓고 전용 스탠드에 물을 가득 담은 뒤 가운데에 트리를 세워놓으면, 아이들도 옆으로 쪼르륵 달려와서 준비를 한다.

"자, 엄마 이제 끈 자른다. 하나, 둘, 셋!"

싹둑.

"와아아아아!!"

소나무가 가지를 펼치고 아이들이 신이 나서 손뼉을 치는 모습 위로 영화의 장면이 천천히 스쳐 지나간다. 딱 요만한 나이였다. TV 앞에서 손뼉을 치고 기쁨의 탄성을 지르며 언젠가 엄마가 되면 나도 저렇게 멋진 크리스마스를 보내고 싶다는 꿈을 꿨던 나이가.

"크리스마스트리가 그렇게 좋아?"

"네! 우리 가족이 함께 트리를 장식하는 게 좋아요."

참으로 다행이다. 아이들의 환한 얼굴을 보니 흐뭇하다. 아이들이 보는 영화도, 자기 전에 읽는 책의 한 장면도 모두 마음속에 작은 씨앗이 되어, 싹을 틔웠을 때 그 싹이 무럭무럭 자랄 수 있게 부지런히 물을 주고 싶다. 때론 강한 햇볕에 타지 않게 그늘이 되어주고 장마철 비바람에 꺾이지 않게 지지대가 되어주고 싶다.

"엄마, 이번 크리스마스에도 프라임립 만들어줄 거예요?"

"그럼. 엄마가 맛있게 만들어줄게!"

"와아아!!"

매년 크리스마스가 되면 우리집 식탁에는 같은 메뉴가 올라온다. 로스트 프라임립, 구운 감자와 채소 그리고 디저트는 초콜릿 토르테. 그렇게 기다려온 크리스마스니 다양한 메뉴를 만들어 먹을 법도 하지만 채소구이에 쓰이는 채소만 조금씩 다를 뿐 그 외에는 줄곧 같은 요리를 만든다. 이 조합을 1년에 딱 한 번, 크리스마스에만 만들어 우리집 전통으로 삼고 싶은 마음에서다. 해마다 크리스마스가 되기 며칠 전에는 꼭 마트에 가서 커다란 프라임립을 주문하고, 알감자와 신선한 채소를 사 온다. 메뉴 이름은 거창

하지만 사실 모든 재료를 양념해서 오븐에 넣기만 하면 알아서 구워지기 때문에 완성도에 비해 준비 과정이 간편해서 적은 노력으로 많은 있어 보임을 창출할 수 있는 최고의 메뉴 구성이다.

프라임립은 갈비뼈가 붙어 있는 것도 있고, 뼈를 제거한 채 고기만 판매되는 제품도 있는데 굽고 나서 자르기 편하게 요리하고 싶을 땐 뼈 없는 프라임립을 준비하면 좋다. 나는 우아한 크리스마스 만찬 자리에서 양손으로 뼈를 들고 거칠게 뜯어 먹는 걸 좋아해서 항상 뼈가 붙어 있는 프라임립을 굽는다.

디종 머스터드에 올리브오일, 잘게 다진 로즈메리와 타임, 마늘을 가득 넣고 소금과 후추도 넉넉히 넣는다. 커다란 고기를 양념해주는 것이니 소금을 '이렇게 넣었다가 큰일 나는 것 아닌가' 싶을 만큼 넣어야 나중에 간이 잘 배어 흡족한 맛이 난다. 프라임립이 들어가고도 남을 큰 로스팅 팬을 꺼내 나중에 그레이비의 재료가 될 양파는 반으로 자르고 셀러리와 당근은 그대로 넣는다. 오븐에서 두 시간 남짓 구워야 하니까 뭉그러지지 않도록 채소들은 그대로 넣는다. 채소 위에 프라임립을 올려놓고 만들어둔 허브 머스터드 양념을 골고루 두툼하게 발라준 뒤 오븐에서 원하는 정도로 구워준다.

잘 씻은 감자와 채소도 먹기 좋은 크기로 잘라서 서양식 갖은

양념인 올리브오일, 소금, 후추를 바탕으로 허브나 레몬즙 등 취향에 따라 맛과 향이 나는 재료를 넣어 잘 버무린 뒤 프라임립과 함께 오븐에서 구워주면 만찬 준비는 벌써 끝이다.

디저트로 전날 밤에 구워둔 초콜릿 토르테를 냉장고에서 꺼내 장식할 준비를 한다. 잘게 다진 초콜릿 위에 냄비에서 끓기 직전까지 데운 생크림을 부어 초콜릿 가나쉬를 만든다. 달그락거리며 섞어주면 처음에는 각자 따로 노는 듯하다가 이내 초콜릿이 녹아 숟가락이 빙글빙글 도는 방향을 따라 생크림과 함께 어우러져 금세 반짝이는 가나쉬가 완성된다.

가나쉬가 아직 따뜻할 때 얼른 초콜릿 토르테 위에 부어서 도톰하고 매끄럽게 옷을 입힌다. 반짝이는 가나쉬가 토르테 옆으로 부드럽게 주르륵 흐를 때면 옆에서 지켜보는 아이들의 눈도 반짝인다. 딸기, 블루베리 등으로 장식한 뒤 크리스마스트리 가지 끝에서 뾰족한 초록 잎을 두어 개 잘라 중간에 쑥 꽂아놓는다.

마무리로 고운 체에 슈거 파우더를 얹어 가볍게 톡톡 두드려서 뿌려주면 아이들이 초롱초롱한 눈으로 바라보고 있다가 말한다.

"엄마, 케이크 위에 눈이 내려요!"

"그러게. 꼭 눈밭에 서 있는 소나무 같다, 그치?"

"소나무 옆에 있는 딸기는 사슴이 몰래 먹을지도 몰라요!"

아이들은 저마다 상상의 나래를 펼치며 눈앞의 초콜릿 토르테에 입맛을 다신다.

두 시간여 만에 오븐에서 나온 프라임립은 윤기가 흐르는 모습 자체만으로도 압도적인 존재감을 뿜어낸다. 남편과 아이들은 목소리를 높여 환호한다.

"이거 먹으려면 좀 더 기다려야 하니까 가서 더 놀고 오렴."

프라임립은 나무도마 위에 올려놓고 잠시 식히며 육즙을 가둬둔다. 그동안 로스팅 팬을 가스 불 자리에 올린 뒤 불을 켠다. 푹 구워진 채소와 육즙, 바닥에 달라붙은 양념과 기름이 자글자글 끓으면 밀가루를 한 줌 넣어 나무주걱으로 볶는다.

그러고 있노라면 남편은 때가 됐음을 알아채고 테이블에 올려둔 와인을 개봉한다.

"여보, 와인!"

외침과 함께 쭉 뻗은 왼손에 허공을 가르고 날아온 와인병이 잡힌다. 환상의 콤비다. 콸콸콸 와인을 붓자마자 맹렬하게 김을 내며 알코올이 날아간다. 이때를 놓칠세라 한 톨의 양념도 허비하지 않겠다는 집념으로 바닥에 붙은 양념을 긁어준다. 여기에 간장을 살짝 넣고 무염 비프 스톡을 부은 뒤 잘 저어주며 적당히 점도가 생기도록 끓인다.

'뭐라고? 간장?'

그렇다. 서양 요리에 심심찮게 등장하는 그레이비소스에 간장이 웬 말이냐 싶겠지만, 유학생 시절 교수님께서 그레이비를 만들 때 간장을 조금 넣으면 풍미가 살아난다고 흘리듯 언급했던 수업 중의 한 문장이 십수 년이 지난 지금까지도 내 요리에 감초처럼 적용된다. 찌개를 끓이다가 '뭔가 빠진 것 같은데…, 뭐지?' 싶을 때 다진 마늘을 넣으면 열에 여덟은 정답인 것처럼, 그레이비를 만들었는데 맛이 2퍼센트 부족하다 싶을 땐 간장을 넣어보자. 그레이비의 풍미가 한층 살아날 것이다.

학생 시절 잘 모르고 구입했으나 편하게 쓰기에는 너무 커서 평소에는 잘 쓰지 않는 고기용 칼을 꺼내 들고 프라임립 앞에 서 있자면 5분에 한 번, 10분에 한 번 주방을 기웃거리던 아이들이 하나둘 모여든다. 나는 "엣헴!" 헛기침을 한 번 한다. 집중해서 잘 지켜보라는 뜻이다. 이래 봬도 우리집에서 내가 가장 쇼맨십이 있다.

갈비뼈와 등심 사이에 칼집을 넣고 뼈의 굴곡을 따라 슥슥 잘라주면, 뼈에 붙어 있던 커다란 등심이 도마 위로 슬그머니 눕고 왼손에는 큼직한 갈비뼈들이 뜨거운 김을 모락모락 내고 있다. 속을 보아하니 미디엄 레어로 완벽하게 구워졌다. 짝짝짝짝짝.

"어때, 근사하지?"

등심은 먹기 좋은 두께로 썰어서 커다란 접시에 가지런히 담고 노릇하게 구워진 감자와 채소도 그릇에 담아 식탁을 차린다.

"메리 크리스마스!"

와인이 가득 담긴 잔을 높이 들며 외치면 모두가 잔을 들고(아이들 잔에는 아이스티가 담겨 있다) 따라 외친다.

"메리 크리스마스!"

그레이비를 듬뿍 부어 등심을 한 조각 잘라 입에 넣으면 감탄사가 절로 나온다. 내가 만들었지만 정말 너무 맛있다.

맛있게 먹는 아이들을 보고 있자면 나는 영화 속 주인공 아빠가 된다. 거실 한가운데 장식된 크리스마스트리에서는 향긋한 솔향이 나고, 내가 사랑하는 남편과 아이들이 함께 식탁에 둘러앉아 맛있게 음식을 먹고 있다. 어릴 때부터 꿈꿔온 모습 그대로다. 비록 근사하게 차려입고 식사하던 영화와 달리 우리는 모두 내복 차림이지만, 딱딱하게 말라버린 칠면조 대신 육즙 가득한 맛있는 프라임립을 먹고 있으니 이걸로 통칠 수 있다.

언젠가 아이들이 성인이 돼 독립을 해서 둥지를 떠나 나의 날개가 닿지 않는 곳에서 살게 될 때, 크리스마스 시즌에는 '빨리 엄마 집에 가서 크리스마스 음식을 먹어야지'라거나, 우연히 비슷한 요리를 먹게 됐을 때 '엄마는 매년 크리스마스마다 꼭 이 요리를 만들어줬는데'라고 생각해줄까? 해마다 맛보았던 음식의 추억이 켜켜이 쌓여 꺾이지 않는 날개가 되어 아이들 삶에 힘든 일이 닥쳤을 때 때론 방패가 때론 쉼터가 되어줬으면 한다. 각자 흩어져 살아도 크리스마스에는 다 같이 모여 함께 만찬을 즐기며 못다 한 이야기를 나누고, 혹시라도 모이지 못했을 때는 모두가 다음 크리스마스를 기다리며 '엄마의 크리스마스 만찬'을 그리워했으면 한다.

"얘들아, 우리 디저트로 초콜릿 토르테 먹자! 많이 기다렸지?"

꾸덕꾸덕한 토르테가 입안에서 달콤쌉사름하게 녹아내린다.

해마다 맛보았던 음식의 추억이 켜켜이 쌓여 꺾이지
않는 날개가 되어 아이들 삶에 힘든 일이 닥쳤을 때
때론 방패가 때론 쉼터가 되어줬으면 한다.

Chapter 3

———

쳇바퀴 같은
일상이
축복임을

———

언제부터
집순이가 체질이었을까

"여보, 당신 현장근무 하겠다고 지원서 내보자!"

저녁을 먹자마자 남편 귀에는 아닌 밤중에 봉창 두들기는 소리가 들린다.

"당신 진짜로 거기서 살 수 있겠어? 한번 가면 4년은 꼬박 있어야 하는데….'"

"당신 커리어에 현장근무 경력이 중요하다며. 기왕 갈 거, 아이들 어릴 때 바짝 고생하고 오자고!"

남편의 커리어에 그럴싸한 이력을 남겨주고 싶어서 선택한 곳은 가장 가까운 도시를 가려면 시속 120킬로미터로 밟아도 편도 네 시간이 걸리는 인구 6만을 갓 넘긴 아주 작은 도시였다. 한겨울에는 영하 40도까지 우습게 내려가고, 심심찮게 오로라를 볼 수 있을 만큼 굉장히 북쪽에 있어서 우리끼리 '북극'이라는 별명을 붙였던 곳이다.

"어차피 사람 사는 곳인데 나라고 못 살 건 또 뭐가 있겠어."

굳은 결심을 하고 도착한 그곳은 도시라고 부르기가 멋쩍은 규모로 동네 한쪽 끝에서 반대편까지 차로 20분도 안 걸릴 정도였다. 자발적으로 통장을 털게 하던 창고형 마트는 당연히 존재하지 않았고 아이들 옷을 살 만한 곳도 월마트 외에는 없어서, 대부분의 주민이 인터넷 쇼핑에 의지하거나 롱위켄드만 되면 운전을 해서 네 시간 거리의 도시로 가 쇼핑을 했다.

뱃속에 6개월 된 둘째를 품은 나는 이제 돌을 서너 달 넘긴 큰아이와 갈 만한 곳이 손에 꼽혔지만 아장아장 걷는 아이 손을 잡고 동네 구석구석 자리 잡은 놀이터를 하나씩 섭렵했다. 그렇게 새로운 터전에서의 첫 여름을 보내고 싸락눈이 내리던 10월 어느 날, 둘째를 품에 안았다.

연년생 아이 둘을 키우자니 하루가 어떻게 흘러가는지 모르겠다. 한 녀석 기저귀를 갈고 있자면 나머지 한 녀석은 초능력이라도 있는 건지 화장대 구석에 기껏 숨겨놓은 아끼는 립스틱을 꺼내 뭉개고 있다.

"어머, 어머! 세상에 내가 못 살아, 정말!"

단숨에 아이를 안고 데려가서 씻기고 오면 나머지 한 녀석은 그새 또 기저귀가 묵직해져 있다. 아이들 틈바구니에서 울고 웃는 사이 시간은 화살보다도 빠르게 스쳐 간다.

사람을 만날 여력은 없지만 세상과 소통하는 건 여전히 즐거워 아이들이 낮잠 자는 사이에 블로그에 글을 올리고(지금은 접은 지 오래다), 간간이 달린 댓글을 보며 흐뭇하게 웃곤 했다. 내일은 또 뭘 해 먹으면 좋을까 고민하며 주방에 서 있는 게 하루의 일과이자 낙이었다.

이듬해 봄, 이사 올 때 사 온 고추장이 슬슬 바닥을 보이기 시작한다. 이 동네에서는 고추장을 구할 수가 없어서 한인마트에서 제일 큰 통을 샀음에도 그새 다 먹어간다(지금은 동네 마트에서 고추장, 된장은 물론이고 심지어 불닭소스까지 팔 만큼 한국 음식이 많이 알려졌지만 당시 로컬 마트에는 일본식 간장과 쌀 정도만 있을 뿐 한식에 쓸 식재료는 구하기가 어려웠다). 어차피 1년에 한 번은 장거리 운전을 해서 장을 봐야겠다고 계획했으니 여름 오기 전에 다녀오긴 해야겠다.

'그런데 언제까지 이렇게 부족한 식재료를 구하지 못해 발을 동동거려야만 하지?'

방법을 찾아야만 했다. 최대한 자급자족할 방법을.

"세상에, 이게 다 뭐야?"

한 개당 20킬로그램은 족히 되어 보이는 박스가 네댓 개 쌓여 있는 걸 본 남편이 기함을 한다.

"뭐긴 뭐야, 무인도에 살고 있는 우리에게 구원의 빛줄기와도 같은 식재료지! 나한테 다 생각이 있으니까 기대하라고!"

큰소리 땅땅 치는 내 손에 들려 있는 메줏가루가 뽀득뽀득 경쾌한 소리를 낸다. 식재료부터 필요한 생활용품까지 주문했더니 양이 꽤 된다. 그냥 택배를 받아도 즐거운데 하물며 한국에서 그 넓고도 험한 태평양을 건너온 택배는 나를 얼마나 들뜨게 하는지 모른다. 선편으로 배송하면 평균 한 달은 걸리기 때문에 정작 소포를 받을 즈음엔 대부분 내가 뭘 주문했는지 기억이 안 나서 온 가족이 박스 주위에 둘러앉아 하나씩 꺼낼 때면 "우와, 내가 이런 걸 다 샀네. 제법인데?" 소리가 절로 나온다. 때론 쌍화차 재료가, 때론 아이들이 읽을 한국 동화책이 나와서 각자 좋아하는 물건이 나올 때마다 저마다 "와아!!" 환호를 한다. 매실 원액부터 한국의 비옥한 들판에서 자라 곱게 빻아진 고춧가루까지 한가득 쌓여 있는 재료를 보니 마음이 든든하다.

택배 박스 속 물건들을 정리하고 나서는 그동안 별러온 장기 프로젝트를 시작할 마음에 신이 나서 얼른 커다란 스테인리스 대야를 꺼내 씻는다. 반짝이는 대야에 엿기름을 쏟아붓자 고운 엿기름가루가 사방에 폴폴 날리지만 신경 쓰지 않기로 한다. 생애 처음으로 고추장 만들기에 도전하는 것만으로도 이미 흥에 겨운 상태라 바닥에 소복이 쌓인 엿기름가루는 눈에 들어오지도 않는다. 바닥이야 닦으면 그만이기도 하고.

물을 가득 붓고 엿기름을 불린다. 엿기름 맛이 최대한 잘 배어 나오도록 중간중간 손으로 주물러주니 어느새 온 집 안이 식혜의 달곰한 냄새로 가득 찬다.

'아, 식혜도 마시고 싶다.'

식혜 냄새에 어느덧 입에 침이 고인다. 엿기름을 넉넉히 구입하길 잘했다. 다음에는 식혜도 만들어야겠다. 더운 여름에 살얼음 동동 띄운 식혜를 마실 생각을 하니 벌써부터 몸이 들썩인다.

이곳에는 글루텐 프리 베이킹 재료가 굉장히 흔해서 동네 마트에서도 쌀가루와 찹쌀가루를 손쉽게 구할 수 있다. 나로선 무척 다행스러운 일이다. 송편이나 시루떡처럼 습식 쌀가루가 필요한 떡은 한인마트에서 재료를 사 와야 만들 수 있지만, 건식이라고 떡을 못 만드는 건 아니다. 건식 찹쌀가루를 물에 개서 찌기만 해도 손쉽게 찹쌀떡을 만들 수 있다. 가끔 달짝지근하게 졸인 검은콩, 견과류, 건포도 등을 넣고 영양 찰떡을 만들어 먹곤 해서 집에 항상 찹쌀가루를 몇 봉지씩 쟁여두고 있었는데, 이참에 찹쌀가루를 고추장에도 넣으면 좋겠다. 한국의 농장에 주문한 매실 원액도 도착했으니 그것도 좀 넣어야겠다. 들어가는 재료들을 전부 갖다 붙이면 '찹쌀 매실 고추장'이 되는 것이다. 이름부터 벌써 그럴싸한 게 흡족해서 광대가 솟아오른다.

불린 엿기름은 꼭 짜서 버리고 엿기름물은 그대로 둬서 앙금을 가라앉힌 뒤 맑은 윗물만 조심스럽게 냄비에 붓고 찹쌀가루를 풀어 넣는다. 잘 삭도록 은근한 불에서 세 시간 정도 엿기름물을 데워준다. 찹쌀가루가 삭아 엿기름물 위에 거미줄 같은 모양이 생기면 이제 졸일 차례다. 팔팔 끓여서 엿기름물이 졸아들면(이대로 끈적해질 때까지 계속 졸이면 조청이 된다) 메줏가루, 천일염, 고춧가루, 매실원액을 넣고 잘 저어준다. 단맛이 부족하다 싶을 땐 조청을 따로 넣어주면 좋다. 나무주걱으로 젓고 있자니 굉장히 뻑뻑해서 도저히 저어지지가 않는다. 이러다간 내 팔이 부러지든가 나무주걱이 부러지든가 둘 중 한 가지는 일어날 성싶다.

'그러고 보니 아까 택배 상자에 김장비닐도 있었지.'

김장비닐을 하나 꺼내 비닐 안에 조심스럽게 발을 집어넣는다. 비닐이 벗겨지면 큰일이니 두 손으로 꼭 잡은 채 발을 위아래로 찧어주며 고추장을 섞는다. 쿵덕쿵덕, 쩐덕쩐덕. 3월인데도 영하 20도의 날씨여서 누빔조끼까지 입고 있는데 고추장을 섞다 보니 어느덧 이마에 송골송골 땀이 맺힌다.

"아우, 발 아프고 팔도 아프고!"

신고 있던 수면양말을 벗어 남편 발에 신기고 배턴 터치를 한다.

"이야, 이거 고추장 색이 완전 제대론데?"

"그렇지? 맛있게 익으려면 최소 1년은 걸린다고 하더라고. 빨리 익으면 좋겠다."

빨간 빛깔만으로도 금세 침이 고이게 하는 고추장을 보니 인터넷 쇼핑에 통장을 탈탈 턴 보람이 넘친다.

장기 프로젝트 하나를 끝냈으니 다음 계획에 착수해야겠다. 몇 달만 지나면 금방 여름인데, 여름이면 모름지기 식탁에 빠질 수 없는 반찬이 있다. 바로 열무김치다. 한인마트는커녕 어지간한 도시에 하나쯤은 있을 법한 중국마트도 없는 곳이라 선택지는 둘뿐이었다. 왕복 여덟 시간을 꼬박 달려서 한인마트에서 사 오든가 아니면 자급자족으로 해결하든가.

이제 갓 두 돌을 넘긴 큰아이와 온 집 안을 내복으로 야무지게 닦으며 기어 다니는 작은아이를 보면 내가 고를 수 있는 선택지는 이미 정해져 있다.

'키워 먹자.'

마당이 없는 작은 타운하우스였기에 씨앗을 심을 마땅한 땅이 없어서 모아둔 쌀 포대에 흙을 채워서 쓰고, 나중에는 그것도 모자라서 가장 큰 장난감 정리함을 몇 개 구입해서 밑에 구멍을 뚫어 커다란 화분을 만들어 족히 열 개는 넘게 장만했다. 그때나 지금이나 한번 일을 벌이기 시작하면 앞뒤 안 재고 돌진한다. 키우기 쉽다는 채소 위주로 열무, 갓, 샐러드 그린, 부추, 허브 등을 심었는데 문제는 햇빛이었다. 타운하우스 구조상 양옆으로는 집이 붙어 있고 창문이 집 앞뒤로만 있어서 하루에 기껏해야 겨우 네 시간 볕을 쬐는 게 전부였던 것이다. 궁여지책으로 매일 아침저녁 그 덩치들을 집 이쪽 끝에서 저쪽 끝으로 해가 들어오는 시간에 맞춰 옮겨주며 지극 정성을 들였다.

정성이 통했던 걸까. 부족한 햇빛 아래서도, 좁은 화분 속에서도 채소들은 꾸준히 잘 자랐다. 무더운 여름, 고무장갑을 낀 채 화분에서 열무 하나를 쑥 뽑았을 때의 희열은 아직까지도 생생하다.

"와하하! 여보, 이것 좀 봐. 진짜 열무야 열무!"

"어이구, 아주 실하게 잘 컸네."

물론 지금의 텃밭 열무와는 비교도 안 되게 왜소하지만 처음으로 씨앗을 심어 먹거리를 키워낸 초보 농부의 눈에는 세상 무엇보다 빛이 나는 열무였다. 물론 실패한 채소도 있었다. 갓김치를 담그겠노라 희망에 부풀어 몇 달 동안 온갖 노력을 기울였지만 좁은 화분에서 자라기엔 역부족이었는지 잎이 채 자라기도 전에 꽃대가 올라왔다. 아쉬운 마음에 차마 뽑아버리지는 못하고 작고 예쁜 노란 꽃을 감상하며 다음 해를 기약하기도 했다.

애지중지 귀하게 담가서 주방 한쪽에 둔 열무김치는 언제쯤에야 익을까 하루에도 몇 번씩 뚜껑을 열고 쿵쿵 냄새를 맡으며 눈치를 챘다. 그 덕인지 사흘도 안 돼서 딱 좋게 익었다. 드디어 때가 됐다! 오늘 점심은 열무 비빔국수다.

그릇에 열무김치를 담고 양념이 뻑뻑하지 않게 국물도 조금 넣는다. 고추장을 한 스푼 가득 넣고, 매실액을 조금 그리고 식초도 약간 넣어주면 새콤한 맛이 입맛을 돋운다. 여기에 배를 약간 갈아서 넣거나 사과주스를 조금 넣으면 향긋하고 달콤한 감칠맛을 낼 수 있다. 마지막으로 참기름을 넉넉히 넣고 양념을 잘 버무려두면 이제 국수를 삶을 차례다. 잘 삶은 소면을 찬물에 착착 헹

귀서 면발이 탱글탱글해지면 그릇에 가지런히 담은 뒤 양념에 버무려둔 열무김치를 위에 소복하게 얹는다.

하얀 면발 사이로 열무김치 양념이 사르르 흐르는 모습을 보고 있자면 나도 모르게 젓가락으로 부지런히 비비게 된다. 빨갛게 잘 비벼진 국수와 열무김치를 같이 집어서 후루룩 먹으면 혀끝에 닿는 새콤하고 시원한 열무김치에 턱이 아파오고 침이 흐른다.

한 그릇 가득 담긴 비빔국수를 남김없이 비우고 난 뒤, 오전에 냉동고에 넣어둔 식혜를 꺼내 유리컵에 따른다. 찰그락 찰그락. 살얼음과 함께 식혜가 유리컵에 채워지고 위에는 밥알이 동동 떠 있는 모습을 보니 참으로 만족스럽다.

"이게 여름이지!"

지름이 두 뼘 정도 되는 진공 플라스틱 용기 두 개에 나눠 담았던 생애 첫 고추장은 결국 1년을 채 못 기다리고 그해 늦가을부터 먹기 시작했고, 호기심에 도전한 고추장의 달콤한 성공을 맛본 이후 지금까지 우리집 한구석에는 항상 커다란 장독들이 두세 개씩 자리를 차지하고 있다. 하나는 찹쌀 매실 고추장, 하나는 보리 된장 그리고 된장을 담글 때 나오는 국간장까지.

불가능해 보였던 것들이라도 뚜껑을 열어보면 의외로 할 만한 경우가 많다. 그것이 고추장이 됐든 된장이 됐든, 해보지 않고는 모를 일이다.

그렇게 나는 오늘도 사서 일을 만들고, 때론 황홀한 성취감을 맛보며 집 안에서 분주하다.

나를 위한

맞춤 테라피

모든 사람에게는 저마다 마음을 평온하게 해주는 존재가 있을 것이다. 어떤 이에게는 향긋한 생화일 수도 있고, 또 어떤 이에게는 자연이 가져다주는 쉼일 수도 있다. 내게는 그 존재가 음식임을 아이들을 키우며 깨달았다. 다 된 요리를 먹는 데 초점이 맞춰진 것이 아니라 재료를 구입하고 다듬고 준비해서 한 그릇의 요리를 완성해 눈앞에 놓은 뒤 한 입 한 입 음미하며 먹는, 0부터 10까지 식사를 위한 모든 과정이 내게는 테라피와도 같다.

유독 마음이 힘들 때는 베이킹을 하곤 한다. 밤 10시가 됐든 새벽 5시가 됐든, 불필요한 생각이 자라나서 마음을 짓누를 때는 주방으로 가서 있는 재료로 뭐든 굽는다. 오븐에서 쿠키가 구워지며 달콤한 향이 퍼질 때면 커피를 내리며 쿠키 먹을 생각으로 마음을 달래고, 얽힌 고민으로 머릿속이 복잡할 때는 빵을 반죽하며 발효빵이 부풀며 자아내는 이스트 특유의 들큼하고 시큼한 냄새로 치유받는다.

혹시라도 오해할까봐 미리 덧붙이자면, 나는 결코 모든 빵을 집에서 굽거나 끼니마다 화려한 요리를 하는 게 아니다. 매번 그렇게 할 만큼 부지런하지도 못하거니와 연년생 아이들을 키우고 있다는 훌륭한 핑계로 아이들이 어렸을 때는 밥을 하기도 전에 체력이 방전돼서 대충 때운 날이 부지기수였다. 그럼에도 스스로 정해둔 약속은 꼭 지키려고 노력했는데, 그중 가장 열심히 실천한 것이 '음식은 그릇에 덜어 먹기'와 '나를 위한 반찬 하나라도 만들기'였다. 이 두 가지만 지켜도 밥상이 꽤 그럴싸해 보이기 때문이다. 전날 먹고 남은 음식, 김치, 밑반찬 등 남은 반찬들을 접시에 가지런히 담는 것만으로도 상차림이 정돈되어 보인다.

주부라면 가족이 먹다 남긴 음식을 '먹어 치운' 일이 몇 번은 있을 것이다. 나 역시 그랬다. 남은 걸 버리자니 아까운 생각에 '어차피 남편과 아이들이 먹고 남은 거니까 내가 먹어도 상관없지 뭐'라고 생각했다.

그렇게 잔반 처리를 반복하던 어느 날, 전날 먹고 남은 닭볶음탕을 냄비째 앞에 두고 먹다가 '나는 뭘 먹고 있는 걸까' 하는 생각이 문득 들었다. 누구도 강요한 적 없고 내가 자발적으로 먹은 것임에도 몇 조각 남은 닭볶음탕을 한 스푼 떠서 우물거리고 있자니 갑자기 슬픔이 파도처럼 밀려왔다. 동시에, 시간과 노력을 들여 만들어낸 음식이 단순히 남았다는 이유만으로 갑자기 쓰레기처럼 느껴지는 게 안타까웠다. 어차피 먹어야 하는 음식이라면 예쁘게 담아서 먹자는 생각에 남은 음식을 따뜻하게 데워서 그릇에 담으니 한결 보기가 좋아 먹는 기분도 훨씬 가벼워졌다. 설거짓거리를 줄이고 싶다면 각기 다른 그릇에 담을 필요 없이 커다란 접시에 반찬을 조금씩 담아내도 충분히 정돈돼 보이고 먹기도 편하다.

나를 위한 반찬이라는 건 아주 작은 움직임에서 시작된다. 계란 하나를 톡 깨어 프라이로 부쳐 내거나 조미김을 새로 뜯어서 내는 등, 냉장고에서 꺼낸 먹다 남은 반찬들 사이에 나를 위한 새로운 반찬이 뭐라도 하나 추가됐다는 것만으로도 알게 모르게 마음에 위안이 된다.

곁들이는 반찬이 김치 정도로 딱히 이렇다 할 것이 없어서 입맛이 별로 없는 날에는 마른 곱창김을 두어 장 꺼내서 불에 가볍게 구운 뒤 간장과 참기름, 깨를 섞은 양념장과 함께 내어보자. 바삭하게 구워진 향긋한 김을 따뜻한 밥에 싸서 그 위에 짭조름하고 고소한 간장양념을 살짝 얹으면 한국인의 영혼을 달래주는 최고의 한입이 된다. 여기에 잘 익은 김치나 무말랭이무침만 있으면 밥 두 공기는 순식간에 사라지는 마법과도 같은 조합이다.

반찬을 하나 새로 꺼내서 곁들여 먹는 시간이 익숙해졌을 즈음엔 나를 위한 반찬을 만들어보기를 추천한다.

냉장고에서 남은 상추를 꺼내 뜯고 오이를 숭덩숭덩 잘라서 얹고 시판 드레싱을 뿌리면 눈 깜짝할 사이에 샐러드가 완성된다. 냉장고 구석에서 파프리카나 토마토 등의 자투리 채소를 발견했다면 더할 나위 없이 좋은 기회다. 알록달록한 색감 덕에 눈과 입이 즐겁고, 풍부한 영양소를 섭취할 수 있으며, 남은 재료를 알뜰하게 사용할 수 있는 일석삼조의 훌륭한 메뉴가 된다. 의외로 한식에 샐러드가 잘 어울리며, 아삭하고 신선한 채소를 곁들임으로써 메인 요리를 더욱 돋보이게 한다는 사실을 느낄 수 있을 것이다.

전날 먹고 남은 카레가 딱 한 끼 분량 남았다면 익숙한 카레덮밥에 조금 변화를 주는 것도 좋다. 냉동고에 아이들 반찬으로 사둔 냉동 돈가스가 있다면 팬에 부치거나 에어프라이어에 돌려서 바삭하게 구운 뒤 덮밥 위에 얹어주면 순식간에 훌륭한 돈가스 카레

덮밥이 완성된다. 또는 냄비에 물을 받고 멘쯔유소스(메밀소바용 장국 소스를 써도 좋다)를 조금 넣은 뒤 냉동 우동면을 넣고 남은 카레를 넣어 팔팔 끓이면 맛있는 카레우동이 완성된다. 진한 카레 국물과 우동이 얼마나 잘 어울리는지 모른다. 김치를 곁들여 우동 면발을 연신 후루룹 먹으면 이내 땀이 삘삘 나면서 속이 든든해진다.

　　냉장고 속 남은 재료와 반찬으로 나를 위한 음식을 만드는 과정이 하루를 행복하게 만들었다면, 이제 오롯이 나를 위한 완벽한 한 끼를 만들어볼 차례다.
　　우리집에서 굴 요리를 즐겨 먹는 사람은 내가 유일해서 평소에는 식탁에 굴이 들어간 요리가 올라오는 날이 굉장히 드물다. 그래서 나만을 위한 한 끼를 만들 때 굴을 가장 자주 쓴다. 캐나다에서 생굴은 위쪽 껍데기를 제거하고 접시에 얹어 낸 뒤 약간의 소스를 뿌려 먹는 애피타이저로 즐기는 것이 일반적인데, 나는 굴은 자고로 한입에 왕창 넣어서 우물우물 먹어야 한다는 입장이다. 하나씩 톡톡 입에 털어 넣으려니 그렇게 감질날 수가 없다. 그래서 한인마트에 갈 때마다 얼린 생굴을 두어 봉지씩 사서 냉동고에 아껴뒀다가 굴을 듬뿍 넣은 굴짬뽕을 만들거나 굴전, 굴 파스타 등 다양한 굴 요리를 만들어 먹는다.

그중 가장 만만한 것이 파스타인데, 굴뿐만 아니라 주재료로 뭘 얹느냐에 따라 완전히 다른 맛을 내기도 하고 만들기도 간편해서 무척 자주 해 먹는다. 내가 좋아하는 파스타는 사실 소스라고 할 게 없는 파스타다. 토마토소스도 아니고 오일소스도 아닌 뭔가 어중간한 느낌인데 재료에 따라서 맛이 확연히 달라지는 어중간함이 나는 마음에 든다.

팬에 올리브오일을 두르고 다진 마늘과 페페론치노를 넉넉히 넣어 은근한 불에서 달궈 오일에 향을 낸다. 마늘이 지글거리기 시작할 즈음엔 원하는 채소를 넣어 볶는데 루콜라, 아스파라거스, 표고버섯 등 그날 먹고 싶은 채소를 아낌없이 넣는다. 채소가 어느 정도 부드러워졌으면 무염 치킨 스톡을 넉넉히 붓고 소금과 후추로 간을 한 뒤, 잘 삶아진 파스타를 건져 넣고 가볍게 섞어주면 파스타는 끝이다.

파스타 위에 얹는 주재료는 그릴이나 팬에 구운 닭가슴살부터 연어, 심지어 밀가루옷을 입혀서 바삭하게 부친 가자미 필레까지 그날의 입맛과 배고픔에 따라 선택하면 되니 하나부터 열까지 온전히 내 입맛에 맞춘 한 끼 식사가 완성된다.

밀 파스타 외에도 현미 파스타, 두부 파스타 등 다양한 파스타를 사용할 수 있고 바질 페스토를 빙 둘러 얹으면 이탈리안 파스타가, 아삭한 달래나 미나리를 얹어내면 한식 파스타로 마무리할 수 있어서 만드는 재미가 쏠쏠하다. 게다가 소스가 무겁지 않으면서 감칠맛은 고스란히 있어서 먹는 내내 청바지가 작아질 걱정을 접어둘 수 있으니 더더욱 만족스럽다.

뭔가 먹고는 싶은데 따로 한 끼를 만들기가 귀찮을 때도 물론 있다. 그럴 땐 현대 문명의 훌륭한 산물인 라면을 적극 활용한다. 분식집에서 볼 수 있는 떡라면, 치즈라면, 참치라면 등의 라면 메뉴를 적용하여 집에서도 간편하게 다양한 라면을 끓여 먹을 수 있는 좋은 세상이다. 특히 스트레스로 승모근이 뻣뻣할 땐 불닭볶음면같이 이름만 떠올려도 콧잔등이 후끈해지는 맵고 자극적인 음식을 먹어보자.

"씁-하, 스으읍-하!"

매운 소스에 쪼그라든 입술 사이로 연거푸 거친 숨을 내쉬며 열심히 한 그릇 먹은 뒤 이마에 송골송골 맺힌 땀을 닦고 나면 어깨가 조금은 가볍게 느껴질 것이다.

거창한 요리를 하지 않아도, 중요한 건 현재의 기분을 인지하고 나를 위해서 뭐라도 만들어 먹는다는 목적과 결과다. 스트레스가 머리끝까지 차오른 나를 위해서 내가 몸을 움직여 무언가를 만들어 먹었다는 사실만으로도 충분히 의미가 있다.

한바탕 폭풍이 몰아친 뒤 기분이 달래지고 나면 (종종 속쓰림도 동반되므로) 자연스럽게 내 몸이 먼저 건강한 식사를 원하게 된다. 일테면 아침으로 담백한 그릭요거트에 그래놀라를 얹어 먹고, 점심으로는 채소를 듬뿍 넣은 통밀 파스타를 먹게 된다. 맛있고 영양 가득한 음식을 향한 선순환의 고리가 시작되는 것이다.

그렇게 잔반 처리를 반복하던 어느 날,
전날 먹고 남은 닭볶음탕을 냄비째 앞에 두고 먹다가
'나는 뭘 먹고 있는 걸까' 하는 생각이 문득 들었다.
누구도 강요한 적 없고 내가 자발적으로 먹은 것임에도
몇 조각 남은 닭볶음탕을 한 스푼 떠서 우물거리고 있자니
갑자기 슬픔이 파도처럼 밀려왔다.

예고도 없이
무너진 일상

J가 말을 안 한다. 두 돌이 될 무렵, 아이 발달사항을 체크하러 소아과에 갔는데 의사 선생님의 질문에 "아니요"라는 대답을 꽤 많이 했다. 말이 느리니 언어치료가 필요하겠다며 추천서를 써주셨고, 곧바로 개인 놀이치료와 그룹 놀이치료를 병행하며 1년을 보냈다.

평소에는 아무렇지 않다가도 알아들을 수 없는 소리로 짜증을 내는 아이를 보면 심장이 덜컥 내려앉는다. 아이를 뱃속에 품었을 때부터 읽고 또 읽어 모서리가 너덜너덜 닳아 해진 육아 서적을 책장에서 전부 꺼내 읽어보지만 문장을 하나하나 읽을수록 심장은 자꾸만 내려간다. 돌 전후에 첫 단어를 말하고, 18개월이면 말할 줄 아는 단어가 폭발적으로 늘어나며, 36개월쯤엔 문장으로 자신의 의견을 말할 수 있다는데 내 아이는 만 세 살이 넘었는데도 할 줄 아는 말이 "엄마", "아빠"뿐이다.

'원래 남자아이들은 좀 느리다고 하니까….'

'아인슈타인은 만 네 살이 될 때까지 말을 안 했다잖아'.

말을 늦게 시작한 아이가 수년이 지나서 학교에서 반장도 하고 더 똘똘하다는 글, 여섯 살이 될 때까지 말을 못 했던 동생이 지금은 변호사를 하고 있다는 글 등 온갖 희망적인 글을 인터넷에서 찾아보느라 셀 수도 없이 많은 밤을 하얗게 지새웠다.

'말을 늦게 할 수도 있지, 뭐.'

마른걸레에서 물기를 짜듯 있는 힘껏 희망을 쥐어짜며 이미 발끝에 닿아 있는 심장을 어루만지면서 하루를 보냈다.

당시 우리가 살던 '북극' 도시는 워낙 주변 도시와 동떨어진 곳이라 도시 내의 교육청에서 아이들 교육을 최대한 책임지는 시스템이었다. 여타 도시들의 공립 초등학교가 만 다섯 살이 되면 들어가는 유치원(kindergarten)부터 시작하는 반면, 그곳은 한 살 더 어린 만 네 살 아이들이 가는 유아원(pre-kindergarten) 개념의 커리큘럼이 있었다. J는 말이 느려 두 돌이 되기 전부터 언어치료를 받고 있었기 때문에 유아원을 2년 다니는 것이 언어와 사회성 발달에 도움이 될 거라는 담당 주치의의 추천서를 받아서 또래보다도 1년 더 이른 만 세 살부터 학교생활을 시작했다.

학교에 가져가야 하는 물품 리스트를 훑어보니 서류 파일이 들어갈 수 있는 사이즈의 가방을 준비하라는 말이 있다. 만 세 살 반짜리 J의 어깨에 초등학생용 가방을 메어주니 거북이 등딱지가 따로 없다.

"여기가 학교야. 이제부터 매일 여기 와서 선생님과 친구들하고 재밌게 노는 거야. 엄마가 금방 데리러 올게!"

말을 알아들었는지 못 알아들었는지 그냥 훌쩍 안으로 들어간다.

"녀석, 그래도 씩씩하게 들어가네."

기특한 마음은 다음 날부터 흔적도 없이 사라졌다. 아침에 학교 앞에서 같이 손을 잡고 교실로 들어가려는데 J가 떼를 쓰고 운다. 어제 아무렇지 않게 들어갔던 건 그저 새로운 환경이 신기했을 뿐, 금세 현실의 벽을 알아챈 모양이다. 엄마와 한국말로조차 대화하기 어려운 터에 이해할 수 없는 언어로 말하는 사람들에게 둘러싸여 세 시간을 보내는 게 적잖이 힘에 부쳤나 보다. 달래고 달래도 울음을 그치지 않는 J를 담임 선생님이 나와서 안고 들어가셨다. 그렇게 새 학기가 시작된 9월 내내 아침마다 전쟁을 치러야 했고, 길 건너편 동네까지 J의 울음소리가 울려 퍼졌다.

한겨울에 반팔을 입든 한여름에 오리털 점퍼를 입든, 남의 일에 신경 쓰지 않는 문화가 당연시되는 이곳임에도 매일 주위 학부모들의 걱정 어린 눈길을 받았지만 나는 억지로 웃으며 J를 학교에 보냈다. 여기서 내가 무너지면 영영 내 아이는 사회 속에서 혼자 걷지 못할 것 같았기에.

"설문조사가 있는데 한번 해보실래요?"

어느 날 담임 선생님께서 물었다.

"그게 뭔가요?"

"J가 학교 다닌 지 한 달쯤 돼서 전반적인 학교생활을 체크해보는 설문조사니까 가볍게 대답해주시면 돼요!"

그게 뭔지 모르겠지만 일단 학교에서 하라는 건 다 하는 타입이니까 한번 해보기로 했다.

그로부터 몇 주 뒤에 알게 된 사실은, 그게 가벼운 설문조사가 아니었다는 것. 도시 내에 장애 아동 전문의가 없어서 1년에 몇 번 지적 장애 아동 전문 의사 선생님이 왕진을 오시는데 그분께 진료를 받기 위한 절차의 첫 단계였던 것이다. 내가 작성한 설문지를 검토한 뒤 J를 1:1로 만나서 발달사항을 체크하고 필요한 진단을 내리는 것이 다음 단계였다.

"J의 주 언어가 한국어인데 이번 검사는 영어로 진행된 검사라서 확신할 수는 없지만, 일단 지금까지의 결과로 봤을 때 J는 '자폐아'로 예상됩니다."

그럴 리가 없다. 한국말로 했으면 분명 J는 확실한 반응을 보였을 테고 검사 결과는 달리 나왔을 것이다.

"다른 의사 선생님께 검사를 받아보고 싶은데, 추천을 해주실 수 있을까요?"

J를 키우면서 인정하고 싶지 않았던 수천 개의 얽히고설킨 생각을 한 문장으로 겨우 뱉었다.

"그러실 것 같아서 미리 다른 전문의에게 추천서를 전달했습니다."

운이 좋으면 1년의 웨이팅 끝에 만날 수 있다고 할 만큼 당시 그 주의 자폐 아동 분야에서 모르는 사람이 없던 박사님을 두어 달 후에 만날 수 있었다. 그만큼 J가 전문가의 도움이 필요한 상태인 건지 아니면 내가 로또에라도 당첨된 건지 모르겠지만, 일단 후자라고 생각하기로 했다.

박사님과의 예약 시간에 맞춰 내가 J의 손을 잡고 작은아이는 남편이 안은 채 상담실을 방문하여 핏기 없는 얼굴로 인사를 하고 의자에 앉았다.

"몇 달 전에 J의 발달 검사를 받으셨던 결과를 읽어봤습니다만 제가 지금 보기에도 J는 자폐아가 맞습니다."

귀 끝부터 순식간에 진공상태가 된 듯 먹먹해지더니 이내 손, 발, 머리카락 끝까지 온몸이 얼어붙었다. 내 아이에게 'Child with a Disability(장애 아동)'라는 이름표가 붙었다.

왜 장애라는 뜻의 단어는 'Disability'일까. 능력, 기능이라는 뜻의 'Ability' 앞에 붙은 'Dis'가 낙인처럼 느껴진다. 사람이 으레 할 수 있는 기능과 행동을 할 수 없다는 뜻일까? 내 아이는 대화를 하고, 의사 표현을 하고, 사회의 구성원으로서 일을 하며 자기 삶을 꿈꾸고 그려내어 걸어가고 성취하는 이 모든 것이 불가능하다는 뜻일까?

수년이 지났어도 어제처럼 생생하다. 자폐 진단을 내리던 박사님의 목소리, 옆에서 기록하던 간호사의 표정, 그 순간의 공기 냄새, 바닥에 이리저리 흩어져 있던 알록달록한 장난감… 방 한구석에서 혼자 자동차 바퀴를 굴리며 빙글빙글 돌아가는 모습을 몇 번이고 뚫어지게 쳐다보기만 하던 J, 처음 보는 선생님들이 신기한지 옆에서 "헬로! 헬로!"를 외치며 손을 흔들고 밝게 웃던 아이. 지난 수년간 벼랑 끝에서 놓치지 않으려고 안간힘을 쓰며 붙잡고 있던 줄이 하나씩 올이 풀리더니 이내 내 눈앞에서 투두둑 끊어졌다.

도시에서 1년에 한 번 열리는 큰 축제 날, 어둑해진 밤하늘 아
래 화려하게 빛나는 조명을 받고 거닐며 한 손에는 솜사탕을 들고
남편과 축제 분위기에 한껏 취해 있을 무렵, 가방 속에 고이 숨겨
놨던 임신 테스트기를 꺼내며 환하게 웃어 보였다.

"여보, 이것 봐라!"

"이게 뭐야? 우리 이제 아빠, 엄마가 되는 거야?"

얼싸안고 기뻐하던 남편의 따뜻한 볼이 느껴진다.

"아이 이름은 뭐로 지을까? 남자아이일까, 여자아이일까? 당
신 닮아서 웃는 모습이 예쁠 거야!"

손가락만 한 양말을 배에 얹은 채 키득거리고, 배냇저고리를
빨아 곱게 접으며 아이가 건강하게 태어나기만을 기다렸다. 어떤
악기를 좋아할지 모르니 다양한 악기를 배워보게 하고, 운동과 거
리가 먼 아빠 엄마라서 아이만큼은 멋진 스포츠맨십을 가질 수 있
도록 수영도 축구도 시켜주고 싶었다. 녀석이 자라서 어른이 되면
뭘 하고 싶어 할지 매 순간 궁금해했다.

어릴 때부터 좋은 엄마가 되고 싶다는 막연한 꿈을 갖고 있던
내게 임신은 오랜 꿈을 향해 내디딘 첫 발걸음이었고 그 꿈을 현

실에 끌어다 놓고 싶어 매일 기도했다.

"몸과 마음이 건강한 아이로 자라게 해주세요."

기도가 부족했던 것일까. 어제와 오늘은 다를 것 하나 없이 똑같이 흘러가는 하루일 뿐인데, J의 장애 진단으로 결코 어제와 같을 수 없는 하루가 되어버렸다.

"어제 진단이 어떻게 나왔나요?"

J의 하교 시간에 맞춰 기다리는 내게 선생님이 물으신다.

"자폐래요…."

"그렇군요. 그렇지만 변한 건 없잖아요, J는 J일 뿐이에요!"

목에서 울컥 분노가 솟아오른다. 어떻게 변한 게 없을 수 있지? 도대체 어떻게?

아니다. 가만 생각해보면 틀린 말은 아닐지도 모르겠다. 자폐 진단을 받았다고 해서 J에게 변한 건 없다. 여전히 아침이면 일어나서 동화책을 꺼내 읽어달라며 고사리손으로 들고 오고, 먹고 싶은 과자가 있으면 내 손을 잡고 선반으로 데려간다. 좋아하는 노래를 틀어주면 손뼉을 치며 웃고 시금치나물을 만들어주면 오물거리며 맛있게 먹는다. J는 어제와 그제와 변함없이 똑같은 J다.

그렇지만 나는 아니다. 나는 결코 어제와 같을 수 없었다.

남은 60년을
무너진 채 살 수는 없다

꿈이 있었다. 맛있는 버터 향을 풍기는 앞치마를 입고서 온종일 바지런히 집을 가다듬는 오래된 동화 속의 엄마가 되는 꿈. 아이들의 어깨가 무거울 때, 말 못 할 고민이 있을 때 제일 먼저 생각나고 달려가 안길 수 있는 존재가 되고 싶었다. 힘들 때 품에 안겨 마음껏 울어도 되는 존재이고 싶었다. 학교에서 일이 잘 풀리지 않아 어깨가 처진 채 집에 들어오면 갓 구운 쿠키를 손에 쥐여주며 "엄마는 언제나 네 편이야, 너의 결정을 믿어"라고 어깨를 토닥여주고 싶었다. 아이들이 사회에서 부딪치며 커가는 모습을 지켜보고 싶었다. 어느새 콩나물처럼 자란 아이들을 대학교에 보내놓고 나면 남편 손을 잡고 그동안 애썼다고 서로의 노고를 위로하며 훌쩍 여행을 다녀오고 싶었다. 사회 구성원으로서 자신의 몫을 감당하게 되고 독립해서 자기만의 둥지를 만드는 과정을 흐뭇한 마음으로 지켜보고 싶었다. 빵과 쿠키를 세상에서 제일 잘 굽는 동글동글 할머니가 되는 게 꿈이자 목표였다.

오랫동안 꿈으로 간직했던 동화 속 하하호호 가족이 그려진 스테인드글라스는 눈에 띄지 않게 조금씩 금이 가기 시작하더니, 작은 방에서 마주한 박사님의 선언이 돌덩이가 되어 그림 위로 굴러떨어졌다. 찬란했던 그림은 크고 작은 파편이 되어 고스란히 내게 날아와 꽂힌다. 앞으로 나는 이런 모습으로 살아야겠지. 누군가가 내 목구멍과 심장에 점토를 바르는 기분이다. 덕지덕지 발라진 점토가 마르기 시작하면서 서서히 굳어지는 게 느껴진다. 가만히 있으면 숨이 막혀서 억지로 애를 써야만 그제야 숨이 쉬어진다. 이 와중에도 죽기는 싫은가 보다. 숨을 쉬려고 무던히 노력하는 걸 보면.

이불 속에 파묻힌 채 이대로 화석이 되고 싶은데 현실은 그런 내 사정을 봐주지 않는다. 남편은 매일 굽은 어깨를 애써 펴고 새벽같이 출근을 해야 했고, 나는 눈을 반짝이며 아침부터 밤까지 나를 찾는 아이들을 돌봐야 했다.

집은 치워도 치워도 늘 전쟁터였으며, 묵직한 돌덩이를 안은 채 밥을 하고 빨래를 했다. 눈물이 나면 마른 손으로 훔치고 방을 닦았다. 말은 안 해도 누구보다 내 감정을 빨리 알아채는 J가 울고 있는 내게 와서 볼에 뽀뽀를 해주면 얼어 있던 마음이 녹았고, 과일 한 쪽을 입에 넣어주면 맛있다며 "엄마 고마워요, 엄마 덕분이에요" 쫑알거리는 작은아이의 목소리에 굳어 있던 마음이 부드러워졌다. 그렇게 얼어가는 나를 아이들이 녹여주어 하루를, 일주일을, 매일을 버텼다.

어느 아침, 주방으로 들어오는 햇살이 유독 예뻐 보였다. 벽을 타고 식탁을 지나 바닥까지 환하게 비치는 햇살이 좋아서 그 한가운데로 걸어 들어가 바닥에 가만히 웅크리고 누웠다. 아낌없이 부어주는 햇살이 따뜻하다. 얼마 안 가서 아이들이 하나씩 옆으로 오더니 팔을 베고 눕는다. 몇 분을 누워 있었을까. 셋이 옹기종기 한참을 그렇게 누워 있으니 배가 뜨뜻해지면서 허기가 진다. 아침밥을 챙겨 먹어야겠다.

아이들 밥을 먹인 뒤 나는 늘 아무것도 바르지 않은 토스트 하나로 대충 아침을 때웠는데, 오늘은 아이들과 함께 조금 맛있게 먹고 싶어졌다.

냉장고에서 달걀을 꺼내 그릇에 깨 넣고 소금을 조금 넣은 뒤

젓가락으로 휘젓는다. 차락 차라락. 휘젓는 리듬감이 즐겁고 쇠젓
가락에 달걀이 부딪혀 내는 소리가 경쾌하게 귀를 간지럽힌다. 팬
에 식용유를 두르고 예열을 한다. 달궈진 팬 위로 뜨거운 공기가
어리어리하게 흔들리면 풀어둔 달걀을 붓는다. 촤아악 소리와 함
께 테두리부터 동전만 한 크기로 공기가 방울방울 부풀며 달걀이
순식간에 익는다. 이때를 놓치지 않고 젓가락으로 달걀을 왼쪽으
로 휘휘 오른쪽으로 휘휘 지휘하듯 섞어주면 부드러운 에그 스크
램블이 완성된다.

'가만있자. 아침으로 먹을 만한 게 또 뭐가 있을까….'

냉장고에서 오렌지도 꺼내 가지런히 자른다. 노릇하게 구워진
토스트 옆에 김이 모락모락 나는 노란 에그 스크램블과 오렌지를
접시에 담으니 조금 전까지 나를 따뜻하게 데워준 햇살이 이제는
접시에 고스란히 담겨 빛나고 있다.

"얘들아, 우리 아침 먹자!"

외치자마자 작고 통통한 발소리가 바쁘게 들린다. 아이들을
식탁에 앉히고 나도 앉는다. 제일 먼저 따뜻한 에그 스크램블을 입
에 넣는다. 햇살만큼이나 따뜻하고 부드러운 맛에 나도 모르게 입
가에 미소가 번진다.

바삭하게 구워진 토스트 위에 부드러운 피넛버터를 펴 바른

다. 버터나이프가 지나가는 곳마다 마른 빵이 바스러지며 내는 소
리가 듣기 좋다. 피넛버터 위에 달콤한 딸기잼도 듬뿍 바른다. 한
입 크게 베어 무니 바삭한 빵에 고소한 땅콩, 달콤하고 향긋한 딸
기맛이 어우러져 토스트 한 조각이 순식간에 사라진다. 오렌지를
입가심으로 먹고 나니 이제야 좀 사람 사는 기분이다. 달고도 시다.

맛있게 먹는 아이들을 보니 문득 '오늘 점심은 뭘 만들어 먹을
까?' 하는 생각이 든다. 요 며칠은 살기 위해 밥을 지어 먹었는데,
오랜만에 느끼는 평범한 감정에 눈물이 왈칵 솟는다.

'맞다, 나 원래 먹는 걸 참 좋아했었지!'

어릴 땐 밥 먹는 게 즐거워 나도 모르게 콧노래를 불렀다고
한다.

"너는 밥 먹는 게 그렇게 좋니?"

이따금 엄마는 신기하다며 물었지만, 누가 뭐래도 내게 먹는
건 삶의 큰 행복이었다. J의 장애 진단 이후로 그조차 사치스럽게
생각하며 바닥에 웅크린 채 아무것도 하지 않고 그저 숨만 쉬며
지내온 시간이 아깝고 후회가 됐다.

'안 되겠다. 오늘 점심은 제대로 만들어 먹고 정신을 차려야
겠다!'

메뉴는 뭐로 하면 좋을까…. 냉동고에 닭가슴살이 두어 개 있으니 아이들이 좋아하는 치킨가스를 만드는 게 좋겠다. 얼어 있던 닭가슴살을 해동한 뒤, 먹기 편하게 반으로 저민다. 소금과 후추를 가볍게 뿌리고 갈릭 파우더도 조금 흩뿌려 맛을 더한다. 마른 바질을 한 꼬집 잡아 비벼서 뿌리니 손끝에서부터 바질 향이 향긋하게 피어오른다. 밀가루옷을 가볍게 입혀 잔여물은 톡톡 털어내고 우유를 섞은 달걀물에 퐁당 담근다. 노란 달걀옷을 입은 닭가슴살을 빵가루가 수북한 접시에 올린 뒤 손바닥으로 가볍게 눌러서 빵가루를 도톰하게 입힌다. 뜨겁게 달궈진 기름에 조심스레 넣자마자 빵가루가 화악 끓어오르며 맛있는 소리와 냄새가 순식간에 퍼진다.

지글거리는 치킨가스를 멍하니 보고 있자니 마음이 편해진다. 조금만 기다리면 맛있는 점심을 먹을 수 있다는 생각에 기대감이 차오른다. 앞으로 내 인생이 어떻게 될지 예상할 수가 없었고 예측하고 싶지도 않았는데, 맛있는 점심이 눈앞에서 김을 내며 튀겨지는 모습을 보고 있으니 10분 뒤의 일상이 기다려진다.

'분명 맛있을 거야!'

때마침 밥이 다 됐다. 무거운 무쇠 솥뚜껑을 여니 뜨거운 김이 구름처럼 퍼지고 뒤이어 반질반질 윤이 나는 밥이 인사를 한다. 조심스레 주걱으로 밥을 푸니 갓 지어진 쌀밥에서만 들을 수 있는 찰진 밥의 소리가 난다. 무척 듣기 좋다.

잘 튀겨진 치킨가스는 먹기 좋게 칼로 자른다. 칼이 닿는 곳마다 노릇한 튀김가루가 바삭거리며 한입 크기로 잘린다.

"얘들아, 점심 먹자. 엄마가 치킨가스 만들었어!"

쌀밥이라면 자다가도 눈을 번쩍 뜨는 J가 환하게 웃으며 의자에 앉고, 작은아이도 "엄마, 치킨가스가 뭐예요?" 쫑알거리며 아장아장 걸어와 앉는다.

포크로 치킨가스를 쿡 찍은 뒤 소스에 찍어서 입에 쏙 넣은 아이들의 눈이 가늘어지며 웃는다.

"음음음….'

노래하는 소리를 내는 J.

"엄마, 치킨가스 좋아요, 정말 맛있어요!"

또박또박 말하는 작은아이.

담임 선생님 말씀이 맞았다. J가 자폐 진단을 받았다고 해서 달라진 건 없다. 아이가 살아가는 데 도움이 필요한 것뿐, 여전히 맛있는 반찬 앞에서 환하게 웃고 동화책을 좋아하는 내 아이일 뿐이다. 중요한 건 내가 어떻게 삶의 중심을 맞추느냐다. 아이들이 자라는 동안 옆에서 손잡고 함께 걸어야 할 날이 창창한데 이대로 남은 60년의 인생을 포기할 수는 없다.

자폐 진단을 받은 J에게, 도움이 필요한 형아 때문에 알게 모르게 마음고생을 할지도 모르는 작은아이에게도 가장 필요한 건 늘 따뜻함을 안겨줄 수 있는 햇살 같은 가족일 것이다. 아이들이 필요로 할 때 언제든지 마음껏 안길 수 있는 품을 준비하려면, 나는 결코 이대로 주저앉을 수 없다.

누가 뭐래도 내게 먹는 건 삶의 큰 행복이었다.
J의 장애 진단 이후로 그조차 사치스럽게 생각하며
바닥에 웅크린 채 아무것도 하지 않고
그저 숨만 쉬며 지내온 시간이 아깝고 후회가 됐다.
'안 되겠다.
오늘 점심은 제대로 만들어 먹고 정신을 차려야겠다!'

영상 속의 내가

나에게 전하는

SNS 속 세상은 빛이 난다. 저마다의 삶이 너무도 밝고 눈이 부셔서, 모두가 잠든 시각 불 꺼진 방에 누워 휴대폰 속 또 다른 세상을 빼꼼히 들여다보고 있노라면 아무렇지 않았던 나의 하루가 괜스레 조금 더 어둡게 느껴질 때도 있다.

　그날은 유독 힘든 하루를 보냈다. 일기장에는 지치고 버겁던 일들, '언제쯤에나 J와 대화를 할 수 있을까' 기다림 속의 절망, 그리고 어미로서의 절절함이 번지듯 기록되어 있다. 그날의 일기가 필체를 알아보기 힘들 정도로 흘겨 쓰인 걸로 보면, 기록조차 남기고 싶지 않은 하루지만 먼 훗날의 내가 옛 기억을 뒤적일 때 '그래…. 참 힘들었지' 끄덕이며 이를 깨물고 눈물을 삼키며 버텨낸

수많은 시간이 결코 헛되지 않았음을 확신할 날이 오리라 믿으며 적었으리라. 마치 오늘처럼.

방전된 배터리처럼 멍하니 누워 있다가 뭔가 신나는 영상을 보면 기분이 나아질까 싶어서 유튜브를 둘러보았다. 수백, 수천 개씩 쏟아져 나오는 영상 중에서 누군가의 브이로그를 고르게 된 건 우연일까 필연일까. 잠깐 엿보게 된 그녀의 삶은 고요하고 방해받지 않는 온전한 형태의 그것으로 참 멋져 보였다.

물론 장애아를 키운다고 해서 내 삶이 항상 고달프고 슬픈 건 아니다. 그저 남들과 비슷한 삶을 살지만, 다른 점이 있다면 기쁨과 절망의 굴곡이 유달리 깊어 예고 없이 절벽 아래로 떠밀리는 일이 잦다는 것이다. 굴러떨어지는 동안 깊게 팬 상처를 고쳐주는 이가 없어 스스로 아물기를 기다리며 저 밑바닥에 웅크리고 있다가, 수면 위로 다시 천천히 헤엄쳐 올라올 뿐이다.

부드럽게 흘러간 하루의 끝에서 그녀의 삶을 알게 됐더라면 아마도 좀 더 밝은 마음으로 즐길 수 있었으련만, 당시 J에 관한 일로 학교와 크고 작은 마찰이 있던 때라 내 신경은 매일 곤두서 있었다. 그런 상태에서 언뜻 본 몇 분짜리의 편집된 일상은 무척이나 근사했다. 평범한 아이를 키우기를 소망했지만 그와 다르게 늘 마음을 졸이고 발을 동동거려야 했던 나의 하루와 겹치는 일상도, 공감할 만한 부분도 전혀 존재하지 않았다.

하루를, 이틀을 그러다 꼬박 일주일을 밤만 되면 멍하니 많은 이들의 평온한 일상을 바라보던 나는 뱃속이 묵직해져 눈물이 났다. 이대로 흘려보내기엔 내 삶이 가엾다. 누군가의 삶을 부러워하기만 해서는 나에게 득 될 것이 하나도 없으며, 오히려 지금 갖고 있는 것마저 가치를 깨닫지 못해 곧 놓치고 말 것이다.

'브이로그니까 삶의 가장 빛나는 부분만을 담았을 거야.'

머리를 식히며 되뇌어보았다. 아침 햇살을 받으며 고요하게 밥을 차려 먹은 이에게도, 몇 시간째 소리를 지르며 우는 아이를 끌어안은 채 울며 아침밥을 거른 나에게도, 모두에게는 결국 낮이 지나면 밤이 오기 마련이라고. 다만 그 밤을 쉼으로 보내는가, 뜬눈으로 지새우는가의 차이가 있을 뿐이다. 영상이라는 프레임 안에서 칠흑같이 어두운 밤이 내일의 태양이 기다려지는 짙푸른 희망으로 보일 수만 있다면, 내 삶을 영상 안에 넣어봐야 했다. 나를 제삼자의 눈으로 지켜보고 싶었다. 여전히 어두울지 궁금했다.

서랍 속에서 뽀얗게 먼지를 쓴 채 방치됐던 카메라를 꺼내 배터리를 충전했다. 내일이면 시작되는 것이다. 늘 똑같이 차려 먹는 밥, 똑같이 치우는 집, 똑같이 굴러가는 하루를 영상으로 담아서 나를 설득해야만 했다.

보는 이의 눈을 사로잡을 감성적인 인테리어 소품과 리넨 앞치마가 없다는 사실보다 더 중요했던 건 영상을 편집하는 방법은커녕 편집 프로그램에 대한 지식조차 별반 갖추지 못했다는 현실이었다.

'이런 멍청이, 제일 중요한 걸 놓치고 있었네. 감성을 따질 때가 아니잖아 지금!'

어느 날, 한 편집 프로그램이 90일간 무료 체험을 제공한다는 획기적인 정보를 습득한 나는 심마니의 목청으로 외쳤다.

"찾았다!!"

발품을 팔지 않고 손품만으로도 어지간한 정보를 얻을 수 있는 21세기에 산다는 사실이 이렇게나 감사할 수 없다. 유튜브를 시작도 못 했는데 함부로 돈을 쓸 수는 없는 노릇이다. 프로그램의 성능과 편리함을 따질 형편도 재량도 없다 보니 무료 체험이라는 미끼를 덥석 물고 말았다.

당연하게도 체험은 무료였지만 프로그램을 사용하는 방법은 알 길이 없었기에 날마다 아이들이 자는 시간에 '영상 편집하는 방법'을 검색해서 조금씩 익혔다. 그렇게 있는 실력 없는 실력 쥐어짜서 에디팅을 하고 배경음악도 넣어 내가 살아가는 하루의 일부

를 영상에 담아서 유튜브에 올리기 시작했다. 그리고 나에게 보여
줬다.

'봐봐, 네 삶도 이렇게 영상으로 보니까 꽤 그럴싸하지? 얼마
나 멋져!'

놀랍게도 정말 그랬다. 고된 편집 과정 끝에 영상 하나를 완성
했다는 기쁨인지 아니면 내 삶을 세 걸음 떨어져서 봤을 때의 또
다른 감정인지는 모르겠지만, 중요한 건 영상 속의 꽤 괜찮아 보이
는 삶이 다른 이의 것이 아닌 내 것이라는 사실이었다. 하나부터
열까지 내 손을 거친 하루였고, 내 선택으로 완성된 나날이었다.

아무리 좋은 하루를 보냈더라도 아이들과 씨름을 하고 나면
한순간에 녹초가 되어 좋았던 기억까지 사라져 결국은 울적한 마
음으로 잠이 들 때가 많았는데, 영상 속의 나는 그동안 내가 어떤
일주일을 보냈는지 조곤조곤 말해주는 듯했다. 삼시세끼 열심히
밥을 지어 아이들과 남편과 맛있게 먹었고, 구겨진 셔츠를 깔끔하
게 다렸으며, 아이들을 학교에 보낸 뒤 때론 마트 가는 길에 잠깐
씩 콧바람도 쐴 겸 산책도 하고 혼자서 점심을 사 먹는 날도 있었
다. 지극히 평범했고 꽤 좋은 삶이었다.

유튜브를 시작하기 전과 후, 내 삶은 변한 것이 없었지만 채널
안에 하나둘 쌓여가는 일상은 디딤돌이 되어 모니터 너머로 확인

하는 내 시야를 넓혀주었다.

나는 최선을 다해서 하루를 살고 있으며 충분히 나를 사랑해주고 있다. 영상 속의 내가 영상 밖에서 들여다보는 나를 그렇게 매일 위로해주었다.

영상 속의 나는

그동안 내가 어떤 일주일을 보냈는지

조곤조곤 말해주는 듯했다.

삼시세끼 열심히 밥을 지어

아이들과 남편과 맛있게 먹었고,

콧바람도 쐴 겸 산책도 하고

혼자서 점심을 사 먹는 날도 있었다.

지극히 평범했고 꽤 좋은 삶이었다.

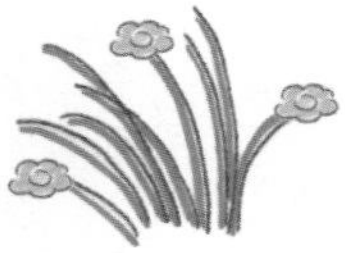

쳇바퀴처럼 구르던 일상이
나를 일으켜줄 때

사람의 마음처럼 간사한 게 또 있을까. '화장실 들어갈 때와 나올
때 마음이 다르다'라는 속담이 괜히 있는 게 아니었다. 그 옛날 옛
적에도 사람 마음이 오죽 창호지처럼 팔랑거렸으면 이런 속담이
생겨났을까.

유튜브를 시작한 건 분명 나를 위해서였다. 물론 그 사실은 지
금도 변함이 없다. 무너져가는 나를 일으켜주고 싶었고, 내 삶이
충분히 괜찮고 멋지다는 걸 나에게 알려주고 싶었다.

'익숙한 것은 위험한 것'이라고 했던가. 유튜브에 영상을 올리
기 시작한 지 반년이 지나고 1년이 되자 마음 한구석이 약간 초조
해졌다. 유튜브를 시작하는 대다수의 바람인 '조금은 구독자가 늘

었으면 좋겠다' 씨앗이 결국 내 마음에도 자리를 잡아 싹을 틔운 것이다. 아니길 바랐지만 나도 나를 어쩔 도리가 없다. 나를 위해서 영상을 올리기 시작했으면서, 단 10명의 구독자가 일상을 봐주어도 즐거울 거라고 했으면서 이렇게 손바닥 뒤집히듯 내 마음이 바뀔 거라고는 맹세컨대 나는 추호도 예상하지 못했다. 정말 낯설기 짝이 없는 모습이다.

'다른 사람들은 뭘 어떻게 해서 구독자가 많아졌을까', '내 채널은 뭐가 부족한 걸까' 하는 생각이 머릿속에 맴돌기 시작해 몇 날 며칠을 이리저리 알아보았지만 뾰족한 답을 얻지 못했다. 애당초 해답이 있을 리가 없다. 정답이 있었다면 모두가 번쩍번쩍 빛나는 골드버튼을 가슴에 자랑스럽게 달고 있을 테니. 존재하지 않는 해답을 찾던 미로의 끝자락에는 '알고리즘'과 '운' 그리고 즐거움은 말라버리고 숙제로 남은 '업로드', 이 세 가지만 남아 있었다.

허탈하고 웃겼다. 무슨 부귀영화를 누리자고, 대체 뭘 위해서 그동안 안달복달 마음을 졸였을까.

나는 뭐 하나에 몰입하면 앞뒤 재지 않고 달려드는 습성이 있는데, 이게 아니다 싶으면 얼른 털고 일어나는 면도 용케 존재한다. 목적이 생겼을 때 내가 할 수 있는 모든 걸 시도해본 뒤, 그 이

상 도저히 안 되겠다 싶은 건 연연하지 않으며 잽싸게 털고 잊어
버린다.

채널 구독자가 반올림하면 3,000명은 되는데 사실 이것도 내
게는 과분한 숫자다. 이렇게 평범하고 스펙터클과 거리가 먼 집순
이 주부의 삶을 3,000명이나 봐주고 있다는 것만으로도 감지덕지
할 일이다. 여기서 더 욕심을 낸다고 해서 될 것도 아니며, 나는 그
런 깜냥도 되지를 못한다.

욕심을 내려놓으니 숙제처럼 여겨지던 유튜브가 다시 재밌어
졌다. 그동안 주로 '한 가지 육수로 세 가지 요리 만들기', '만두 빚
기' 등 주제에 따른 요리 영상을 만들었는데, 영상을 만들면 만들
수록 점점 흥미를 잃어버릴 때가 많아 고민이 되던 차에 차라리
잘됐다 싶었다.

기왕 마음을 비웠으니 새로 시작하는 기분으로 내가 만들고
싶은 영상을 올려야겠다. 그러고 보면 늘 주제 위주의 영상을 올리
다가 가끔 어디에도 속하지 못하고 떠돌던 일상 영상들이 어느 정
도 모이면 하나로 담아 브이로그를 올리곤 했는데, 촬영 당시에는
몰랐던 일상의 즐거움을 뒤늦게 편집하며 찾는 재미가 쏠쏠했고,
그 덕에 영상을 만드는 과정이 참 즐거웠던 기억이 난다.

'그래, 바로 이거야! 내 일상을 고스란히 담은 영상, 나에게 나

를 보여주기!'

유튜브를 시작하게 된 원점으로 다시 돌아왔다.

일상을 영상으로 만들다 보니 때론 마트에서 식재료를 쓸어 담는 장면이, 때론 집을 청소하는 모습이 담기지만 아무래도 삼시 세끼 밥을 하는 주부답게 요리의 비중이 가장 크다. 특히 계량은 전혀 상관하지 않고 눈대중으로 요리하는, 말 그대로 '내 맘대로' 요리 영상이 주를 이룬다. 셰프로 일했을 때조차 요리할 때 계량을 하지 않았던 나인데 주부가 됐다고 계량을 할 리가 있겠는가. 한쪽 버너에서는 찌개가 끓고, 다른 한쪽에서는 생선이 지글거리는 북새통에서 잘그락잘그락 계량스푼과 계량컵을 꺼내 재료를 계량하고 넣는 과정이 내게는 버거우리만큼 귀찮다. 요리의 묘미는 뭐니 뭐니 해도 갖은양념을 넣는 것인데, 갖은양념을 죄다 계량할 생각만 해도 머리가 하얗게 세는 기분이다(물론 베이킹은 예외다. 계량 없이 베이킹을 할 만큼의 실력을 갖추지 못해서다).

그래서 나는 유튜브 영상을 찍을 때도 옆집 아줌마가 수다를 떨듯 편하게 평소 요리하는 모습 그대로 찍고, 시청자들에게도 원하는 대로 재료를 가감하길 적극 추천한다. '이 재료는 꼭 이렇게 조리해야 하고, 양념은 이만큼 넣어야 한다'라고 말하면 어째 옆에서 호랑이 눈을 하고 지켜보는 것 같아서 신나게 요리하다가도 기가 질려 어깨가 축 처질 것만 같다.

내 입에 딱 맞는 정확한 계량의 레시피가 반드시 다른 사람에게도 통하리라는 보장도 없거니와, 나는 '요리에는 정석이 없다'고 생각하기 때문에 만드는 이의 입맛에 따라서 요리를 하는 것이 가장 맛있게 먹을 수 있는 지름길이라고 본다. 그렇게 생각하면 여러분도 매일 밥을 하는 시간이 조금은 덜 힘들게 느껴질 것이다.

그래서일까. 내 영상을 보면서 집밥이 재밌어지고 요리에 흥미를 붙이게 됐다는 댓글이 종종 보이는데, 그럴 때마다 몹시 흐뭇하고 보람차다. 댓글을 읽다 보면 마음이 계란찜처럼 따뜻하게 부풀어 올라 조금 처져 있다가도 툭툭 털고 일어나 또다시 쌀을 씻고 식사 준비를 시작하게 된다.

그렇게 똑같이 밥 짓고 청소하며 살아가는 영상을 올리던 어느 날, 예상치 못한 손님이 찾아왔다. 오래전 해답을 찾기 위해 미로를 헤맸으나 결국 찾지 못한 채 집에 돌아온 내가 문을 열었더니 '알고리즘'과 '운'이 거울의 형상을 한 채 문밖에 서 있었다.

알고리즘을 타려면 사람들의 눈을 사로잡을 자극적인 요소가 있거나 호기심을 불러일으킬 신선한 콘텐츠가 있어야 한다는 영상을 수도 없이 봤다. 하지만 내 삶은 그에 걸맞은 부분이 조금도 없었고, 그렇다고 내 삶을 포장해서 보여주고 싶진 않았다. 놀랍게도 알고리즘을 탄 영상은 그 어느 것에도 부합하지 않는 그저 매일 짓는 밥과 매일 먹는 김치였다. 정확한 계량도 없고 전문적인 요리 팁이 있는 것도 아닌 솥밥 영상과 김장 영상이 대박을 터뜨려(물론 내 기준에서의 대박이다) 갑자기 한국을 비롯한 전 세계에서 구독자가 찾아오기 시작했다.

기쁘고 감격스럽고 감사한데 또 한편으로는 덜컥 겁이 나기도 했다.

'지극히 평범한 삶을 살고 있는 내가 이렇게 찾아온 사람들에게 뭘 해줄 수 있을까.'

수도 없이 고민했지만 내가 별다르게 할 수 있는 게 없다는 결론에 이르렀다. 그들이 찾아온 것은 나에게 무언가를 원해서가 아닌, 그저 똑같은 하루를 매일 걷고 있는 나를 가만히 지켜보고 때론 응원을, 때론 위로를 건네기 위해서였다.

화려하고 감성적이고 고요한 다른 이의 일상을 부러워하며 쳇바퀴 굴리듯 마지못해 굴려가던 지루한 내 일상이 그렇게 나를 일으켜주었다.

지금 이 순간을
치열하게

빠르고 느리게 걸었던 일상을 담아서 나에게 보여주는 과정이 낳은 결과가 흡족했다고 해서 삶을 바라보는 내 시각이 드라마틱하게 변한 건 아니다. 인간은 망각의 동물이고, 나 또한 이 법칙을 거스르지 않으며 촘촘한 삶의 조각 속에서 배운 감사와 깨달음을 오늘도 착실하게 잊고 산다.

좋은 기억을 쉬이 잊는 것만으로도 모자라 역으로 잊고 싶은 순간들은 악착같이 저장하는 나쁜 습관까지 있다. 수년 전 주차장에서 우연히 마주친 무례하기 짝이 없는 사람이 동그란 선글라스를 썼던 모습은 기억하면서 정작 어제저녁에는 뭘 만들어 먹었는지, 아이들이 맛있게 먹었는지 어떤지는 생각나지 않아 미간을 찌

푸리며 10초는 고민해야 겨우 떠올릴 정도의 불가피한 선택적 망각이다. 어쩐지 억울하다. 뷔페에서 먹을 음식도 매운 갈비찜을 고를지, 불고기를 고를지 접시를 든 채 서서 고민하다가 신중하게 골라서 접시에 담는 세상인데, 원하는 장면만 골라서 기억 속 책갈피에 곱게 간직할 수 있으면 얼마나 좋을까. 누군가가 심술을 부린 듯 기억하고 싶지 않은 일들이 유독 오랫동안 큰 자리를 차지한다.

이 심술은 일상에서 제 모습을 완연히 드러낸다. 매일 반복되는 일상이 주저앉아 있던 내 손을 붙잡아 일으켰기에 다시 걸을 수 있게 되었음에도 나는 그 사실을 종종 지우개로 지워버린다. 어제와 별반 다를 것 없는 오늘이 지긋지긋하게 느껴지고, 새롭고 짜릿한 이벤트가 없는 생활이 몹시 단조롭고 때론 별로라고 느끼기도 한다.

"어째 오늘은 한가하네?"

말을 꺼내자마자 손님이 몰려들기 때문에 알바 사이에서 입 밖으로 내서는 안 된다는 이 말은 내 삶에도 적용된다. 여느 날과 다름없이 아이들을 학교에 보내고 와서 아침을 만들어 먹고 청소를 한 뒤 점심에 뭘 먹을지 고민하다가 문득 생각이 곁가지를 뻗기 시작한다.

'요즘 하루가 너무 똑같네. 지루하고⋯.'

이런 날에는 요리하기 귀찮으니까 팬트리에 조르륵 놓인 라면에 절로 손이 간다. 냄비에 물을 받아 가스 불을 켜고 끓인다. 끓는 물에 건더기와 분말 스프를 넣으면 얼큰해진 국물이 넘치기 직전까지 부르르 끓어오른다. 얼른 라면을 넣어 센 불에서 화라락 끓이면 면발이 꼬들꼬들한 게 아주 먹음직스럽다. 어느새 온 집은 라면 냄새로 가득하고, 입맛이 별로 없다던 사람은 어딜 가고 라면 냄새에 식욕이 슬그머니 고개를 든다.

"김치도 먹어야지."

콧노래를 부르며 작은 그릇에 잘 익은 김치를 한 젓가락 담고, 냄비째 들고 와서 식탁에 앉아 라면을 한입 후루룩 먹는다.

"크으!"

오랜만에 먹는 라면은 유독 맛있다.

젓가락을 바삐 움직이며 면발을 입에 가득 넣자마자, 핸드폰과 손목에 차고 있는 스마트 워치가 동시에 삐리리리 요란하게 울린다. 짐작되는 발신자이지만 혹시나 해서 얼른 손을 들어 확인한다.

"SCHOOL."

쿵 심장이 발밑으로 떨어진다.

아이 학교에서 급하게 전화를 했을 때 핸드폰만으로는 벨 소리를 놓칠 수 있어서 주중에는 반드시 스마트 워치를 착용한다. 아이가 학교에 있는 오전 8시 30분부터 오후 3시 30분까지는 벨 소리가 울리지 않는 것이 나의 심신 건강에 좋기 때문에 남편도 전화를 할 일이 있을 때는 먼저 전화를 받을 수 있는지 문자를 보낸 뒤 내가 답장을 하면 그제야 전화를 하는 게 우리 사이의 암묵적 룰이 된 지 오래다.

"하이, 이즈 에브리띵 오케이?"

학교에서 전화가 올 때마다 안부 인사는 생략하고 무조건 아이에게 그리고 주위 사람에게 별일이 없는지 묻는다. 선생님과 학부모 사이에서 전달할 내용이 있을 땐 이메일로 주고받기 때문에 긴급한 일 외의 용건으로 학교에서 전화가 오는 경우는 1퍼센트도 안 된다. 혹시라도 그런 일이 있을 땐 선생님도 내가 전화를 받자마자 "히 이즈 파인, 돈 워리!"라고 외칠 만큼 아이 학교의 모든 선생님이 살얼음판을 걷는 듯한 내 마음을 생각해준다.

이번 전화는 99퍼센트의 확률이다. 씹고 있던 라면을 대충 삼키고 입고 있던 잠옷 차림에 손에 잡히는 아무 점퍼나 걸쳐 입고 운동화를 구겨 신은 채 헐레벌떡 집을 나선다.

"괜찮아요. J는 스스로 감정을 조절하려고 충분히 노력했지만 오늘은 그게 잘 안 됐던 모양이에요."

"J야. 집에서 푹 쉬고 내일 다시 시도해보는 거야, 알겠지? 내일은 또 다른 새로운 하루가 시작되니까!"

선생님들은 울고 있는 아이와 아이 손을 잡고 있는 나를 동시에 다독이며 용기를 불어넣어 준다.

집에 돌아오니 몇 입을 채 먹지 못하고 방치된 라면은 국물 한 방울 없이 퉁퉁 불어 있고, 집은 메스꺼운 라면 냄새로 가득하다. 창문을 열어 환기를 하고 창가에 가만히 서서 마음을 진정시킨다. 숨을 쉬어야 한다. 후우우, 하아아. 가능한 한 길게 그리고 많이 공기를 들이마시고 내뱉는다. 차가운 바람이 입으로 들어와 폐 속 깊은 곳까지 휘몰아치며 열기를 식혀준다. 한참을 서서 심호흡을 하다 보면 열기가 식은 목은 이내 차가워지고 조금씩 눈물이 차며 가슴이 조여온다.

'괜찮아, 열심히 노력하고 배우고 있고 자라고 있으니까. 괜찮아.'

그러나 끝내 눈물이 왈칵 흐른다.

이튿날 아침, 조용히 일어나 아침으로 팬케이크를 만들고 부지런히 점심 도시락을 준비한다. 도시락으로는 J와 둘째 아이가 좋아하는 참치김치볶음밥을 고슬고슬하게 볶아서 보온병에 담았다.

아침을 먹고, 양치하고 세수를 한 뒤 옷을 갈아입고 온 말간 아이 얼굴에 로션을 발라준다. 물끄러미 나를 보던 J가 말한다.

"엄마, 오늘은 잘할 수 있어요. 오늘은 해피한 하루를 보낼 거예요."

잊지 말아야 한다. 수년 전의 내가 J와 함께 눈을 맞추며 대화하는 순간이 오기를 얼마나 피를 토하는 심정으로 기다렸는지. 지금 J는 말로 표현하지 않은 내 마음을 읽었으며 그로 인해 슬픔을 느꼈고, 고민 끝에 오늘 어떤 하루를 보낼 것인지 나에게 또박또박 전해주었다.

"그래, 너는 할 수 있어. 오늘은 행복한 하루를 보낼 거야, 잘할 수 있어!"

토실한 J의 볼을 감싸며 눈을 맞추고 웃으니 J도 배시시 웃는다. 그래, 이거면 됐다.

자신의 다짐대로 J는 최선을 다해서 하루를 보냈고, 그 후로도 몇 주간 내 핸드폰은 울리지 않았다. 새롭고 짜릿한 이벤트가 없어도 괜찮다. 아니, 오히려 이게 낫다. 지루한 일상이라는 건 삶이 굴곡을 만나지 않고 순탄하게 흘러가고 있다는 뜻도 되니까.

어제와 지난주와 똑같이 물 흐르듯 흘러가는 하루가 좋다. 그 안에서 나는 변함없이 밥을 짓고, 텃밭을 가꾸고, 청소를 하고 싶다.

일상을 쉬지 않고 걸어왔을 뿐인데 쌓여온 지난날이 내게 준 선물은 지나치게 크기 때문에 나 또한 오늘 앞에서 게으름을 부릴 수가 없다. 평범한 일상의 힘을 많은 사람과 공유할 수 있게 됐고, 그로 인해 삶의 동기를 부여받고 기쁨을 얻게 되었다는 메시지는 다시금 내가 감사함으로 하루를 겸허히 걷게 한다.

지루하고 별것 없는 오늘이 짱이다.

좋은 하루를 만들겠다는 다짐으로
오늘도 취향을 요리합니다

초판 1쇄 발행 2022년 8월 19일
초판 2쇄 발행 2022년 8월 31일

지은이 박미셸
펴낸이 정지은

마케팅 윤해승, 장동철, 윤두열 **경영지원** 황지욱
디자인 강경신 **그림** 키미앤일이
제작 삼조인쇄

펴낸곳 (주)서스테인
출판등록 2021년 11월 4일 제2021-000166호
주소 03997 서울시 마포구 월드컵로20길 41-7 1층
이메일 sustain@humancube.kr
ISBN 979-11-978259-9-6 03810

• 인쇄·제작 및 유통상의 파본 도서는 구입하신 서점에서 바꿔드립니다.
• 이 책의 전부 또는 일부 내용을 재사용하려면 반드시 사전에 저작권자와
  (주)서스테인의 동의를 받아야 합니다.
• (주)서스테인은 (주)휴먼큐브의 계열사입니다.